Un orgullo tonto

Kristel Ralston

Un orgullo tonto
Originalmente publicado en 2014
Versión editada derechos ©Kristel Ralston 2017
Todos los derechos reservados
2da Edición – Impresión de CreateSpace

Portada : Karolina García Rojo ©Shutterstock.

ISBN-13: 978-1982059606

ISBN-10: 1982059605

Dedico esta novela a mi querido tío Armando, quien nunca deja de creer en mí, por más arriesgados que parezcan mis planes. ¡Besos hasta Madrid!

CAPÍTULO 1

A pesar de que lo consideraban uno de los empresarios más influyentes de Londres, él admitía que en ese preciso instante se sentía un cobarde. No se atrevía a abrir el sobre amarillo que su secretaria le había dejado encima de su sofisticado escritorio. Vivía una ajetreada agenda de trabajo, aunque no lo suficiente para continuar ignorando el condenado sobre.

Las oficinas del décimo cuarto piso de uno de los lujosos edificios corporativos de *La City*, cerca de la *Bouverie Street*, alojaban a la firma de abogados McMillan & Bloomberg. Desde su perfectamente decorado despacho, Maximilian Bloomberg apenas podía ver el Támesis, pero no tenía reparos en dejar su caro traje hecho a medida para bajar a caminar un poco y contemplar el imponente entorno donde trabajaba desde hacía varios años.

La Torre de Londres era un emblema que le inspiraba lucha, poder y conquista, tres componentes que sin duda calificaban su reputación como abogado ante los colegas más reputados y en los altos círculos sociales de la ciudad. La parte oscura de aquella edificación que tantas luchas, justicias e injusticias, había presenciado no le era ajena, pero Max prefería remarcar los puntos positivos.

Cómodamente sentado en su sillón de cuero reclinable, Max tamborileó sus elegantes dedos encima del sobre. Ya sabía cuál era el contenido. De hecho, por esa precisa razón dilataba el momento de abrirlo. Reparó en la taza de café medio frío que aun permanecía sobre el carísimo portavasos que hizo traer de la India, como si en ella pudiera encontrar un solaz que, sabía, no hallaría. Solía beber té, pero tenía tantos casos por ajustar que solo el café lograba que sus neuronas trabajaran el triple de rápido por minuto. Dio un sorbo rápido al contenido y se obligó a tragar el líquido dulzón.

—¿Señor Bloomberg? —llamó desde el umbral de la puerta su secretaria.

Lalike Gostorova era una escultural y eficiente rubia que no le movía ni un ápice de deseo al cuerpo atlético de Max. El motivo estaba en ese sobre que observaba como si se tratase de un compuesto químico peligroso.

La rusa miró con reticencia a Max.

Lalike, aceptaba que su jefe era un hombre tan guapo como dictatorial. Aunque procuraba evitar su mal genio presentía que en ese momento sería imposible. En los pasillos del edificio se rumoreaba que desde que su mujer lo había dejado estaba de peor humor que de costumbre. Ella, en cambio, creía que el mal carácter lo llevaba desde siempre, pero se guardaba sus opiniones porque bien o mal el salario y LOS beneficios en la firma eran muy buenos.

—Si me vas a decir algo hazlo rápido que tengo mucho trabajo. Te pedí que no me interrumpieras —la fulminó con aquellos severos ojos verdes— fui muy claro al respecto.

Ella apretó la mano con fuerza sobre la agenda que llevaba en la mano. Su jefe era el único que le daba una bonificación al final del año por sus servicios, en ocasiones solía pedirle que donara unos cuantos miles de libras esterlina a obras de caridad, bajo la mayor discreción posible. Quizá esa parte era la que le daba un atisbo de un rasgo especial del señor Bloomberg que pocos conocían, y tal vez en realidad él no era tan severo como quería dar a entender a todos.

—Lo lamento, pero me han llamado los abogados insistiendo en que vinieron a dejar el sobre hace ya un par de semanas. Se lo reubiqué hace unas horas en su escritorio para que no lo olvidara. Ellos querían saber si...

—¡Maldita sea! —dio un golpe sobre la cobertura de vidrio. Lalike dio un respingo sobre sus altos tacones y la taza de Max tintineó—. Si quieren una respuesta tendrán que esperar. ¿Está claro? ¡A mí nadie me presiona! Díselos.

La muchacha asintió y desapareció de su vista.

Max maldijo entre dientes, mientras intentaba concentrarse en el archivo de Excel abierto en la pantalla y que daba cuenta de la contabilidad de los últimos siete meses en la firma. Desde hacía un tiempo él exigía a los encargados del área financiera que le pasaran los reportes de ingresos.

No volvería a confiar en la honorabilidad de sus contables. Lo hizo una vez, y el resultado fue un desfalco. Él no cometía el mismo error dos veces. Recordaba lo furioso que estuvo durante el tiempo en que se llevó el caso. El desvío de fondos no implicó un grave perjuicio comparado al monto de sus ganancias habituales, pero había confiado en esas personas, y la deslealtad lo enfurecía. Samuel Spanker, el contable responsable de aquella canallada, disfrutaba de un plácido sueño tras las rejas.

Entre sus casos habituales no constaban los vinculados a fraudes, porque el área de litigios no le atraía principalmente, prefería las fusiones y adquisiciones. Sin embargo, el asunto había afectado a su bolsillo de forma directa y también a sus horas de desvelo, por eso decidió hacerse cargo del tema en persona.

Ahora llevaría un caso más difícil todavía: salvar su matrimonio.

Se olvidó del Excel, y de mala gana rasgó el sobre amarillo. Sacó de un tirón el grueso de papeles.

Casi rio cuando leyó el asunto, no porque fuera una sorpresa, no, eso no, sino porque su mejor amigo y antiguo compañero de aulas era el que firmaba debajo, con letra pequeña, como representante legal.

Stuart Lewis, Abogados.

Fue hasta el pie de página de cada uno de los treinta folios. La rúbrica de su esposa era un reflejo de ella. Audrey Rutladge Bloomberg: elegante, de belleza arrebatadora, sofisticada, piel sedosa y bronceada, sexualmente explosiva cuando él encendía el botón adecuado, y maldita sea, era un experto en ese terreno con Audrey.

Aunque todo pareciera perdido, él no pretendía pasar su pluma fuente *Montblanc* con su rúbrica para darle el divorcio. No iba a darse por vencido, porque el concepto de derrota no tenía cabida en su sistema ideológico.

Había sido orgulloso y estúpido, y todo lo hizo mal con Audrey. Ya habían pasado casi dos años desde la última vez que la vio y no dejaba de resultar doloroso recordarla y no poder tenerla a su lado.

Desde que no estaban juntos, ninguna mujer despertaba su interés. Ni siquiera intentaba probar su habilidad de seducción. Primero porque estaba consumido por la rabia y el arrepentimiento como para pensar en otra mujer, y segundo, porque se tomaba muy en serio sus votos matrimoniales. El sabor, el aroma y la profundidad de las emociones que había compartido con Audrey no podía borrarlos; su cuerpo y su alma estaban embebidos de toda ella.

Él creyó que Stuart era su amante, pues la había encontrado prácticamente semidesnuda junto a su amigo una tarde en que tuvo el impulso de ir a casa para tenerla en sus brazos. Su necesidad de Audrey era abrumadora en todos los sentidos. La sorpresa de encontrarla con Stuart había helado su libido, y la furia lo cegó. Su mente se rehusó a utilizar la lógica o intentar razonar. Ahora, no pasaba un día sin que dejara de lamentar su impulsiva naturaleza.

Cuando su amigo intentó explicarle el porqué estaba esa tarde con su esposa abrazándola, lo golpeó y lo echó de su casa. Al ver a Audrey, sin ningún tipo de consideración, la insultó del peor modo que se podía hacer: le dijo que el hijo que llevaba probablemente era el bastardo de Stuart y quería endosárselo para que fuera un Bloomberg. Ver el dolor en los ojos azules que tanto amaba solo acrecentó su sentimiento de desprecio hacia sí mismo, porque a pesar de que algo le decía que tenía que escucharla, no lo hizo, y continuó mirándola con rencor.

Audrey le pidió que la dejara explicarse, y él no se lo permitió. A cambio llenó una maleta con unas pocas prendas de ropa que encontró a la mano, varias alhajas y dinero en efectivo de la caja fuerte, y le dijo que desapareciera de su casa, porque las rameras no entraban en su santuario personal.

—No puedo creer que no me permitas hablar al respecto, Max… —había susurrado, mientras se acomodaba la blusa blanca. Aquello lo hizo rabiar.

¿Cuánto tiempo más habría tardado en terminar lo que Stuart y ella habían empezado con sus caricias? Fue lo que se preguntó cuando Audrey continuó limpiándose el maquillaje que se había corrido del contorno de esos expresivos ojos almendrados. Lo observaba hacer las maletas sin intentar tocarlo. Y él no lo hubiese permitido tampoco.

—Cállate, Audrey. No lo empeores —le había gruñido, mientras ponía la última alhaja en el bolso de mano. Fue a buscar la cartera con los documentos y también la guardó de mala gana.

Le tendió el equipaje.

—Estás cometiendo un error…—sollozó con la voz entrecortada. La mirada que le dedicó fue una mezcla de desconcierto, miedo, dolor y traición. Él no se podía explicar cómo tenía el descaro de mostrarse afectada cuando el ofendido era sin duda él—. Hazlo por nuestro matrimonio. Siempre hemos hablado. No es lo que piensas, hace un rato yo…

Él agarró con brusquedad la mano suave, y le colocó el bolso de mano entre los dedos. La había mirado con el mismo desdén que solía dedicarles a los abogados rastreros que osaban enfrentarse a él creyendo tener la verdad de su lado.

—No quiero tener nada que ver contigo. Fuera de mi casa.

—Max…—había pronunciado su nombre con un ligero temblor en la barbilla.

—¡Fuera!

Cuando la calma y la sensatez volvieron a su cuerpo, Audrey no estaba, y él ya sabía que algo iba mal. Lo que había visto en los ojos de Audrey implicaba algo mucho peor, y no se trataba de una relación adúltera. Había miedo en su mirada, y eso no era habitual en la mujer decidida y de carácter que él conocía.

El recuerdo de aquella conversación, así como la mirada herida y triste, lo atormentaban. Había sido un completo asno. Se arrepentía de no haberla escuchado. Ni siquiera conocía a su hijo.

¿Cómo él, un hombre de mundo, capaz de contener grandes riesgos mercantiles, vencer a los abogados más astutos en la Corte, había sido incapaz de ver las señales físicas de Audrey más allá de la rabia y los celos? Las pruebas de su error las constató el investigador privado que contrató meses después del incidente, Garret Price.

Garret recibió la consigna de buscar datos para saber desde cuándo Stuart Lewis y su mujer eran amantes. El informe fue contundente. Quizá Garret era adepto al humor negro, porque la hoja solo tenía una palabra. *Nunca.* En letras grandes y color granate. Si no fuera porque el detective siempre le traía buenos resultados, le habría estampado un puñetazo en la cara por su audacia.

En una conversación más profunda, Garret le resumió lo que algunos testigos que alcanzó a entrevistar le comentaron: Stuart había salvado a Audrey de que dos hombres atestados de heroína la violaran, cuando ella, al parecer, se bajó en un lugar equivocado al confundirse de estación de metro. Stuart llegó justo a tiempo, porque tenía un caso pro bono alrededor. Cuando Max los había encontrado juntos en su casa, sus instintos y su orgullo herido juzgaron ver a un hombre manoseando a su esposa, y no lo que realmente era: un amigo intentando tranquilizar a una víctima de un intento de violación.

Se comportó como un cretino cuando Audrey más lo había necesitado.

Cuando se acabó su reunión con Garret, Max se emborrachó como nunca antes en su vida. Desde entonces se sumió en la vorágine de trabajo para intentar, fallidamente, extrañar un poco menos a su esposa. Echaba de menos su risa, el modo en que movía la nariz respingona cuando algo no le gustaba, la forma en que le ajustaba la corbata antes de irse a la oficina cuando habían hecho el amor hasta el amanecer. Pero sobre todo echaba de menos sus opiniones lógicas y astutas cuando charlaban, su sentido del humor y el hombre que era cuando estaba a su lado, ella lo hacía una mejor persona. ¿Qué había hecho él? Retribuir su amor con desconfianza y causarle dolor.

Sumaba a su lista de errores haber dejado correr demasiado tiempo desde ese informe de Garret, porque mientras él continuaba sentado en su gran despacho de setecientas mil libras esterlinas, decidiendo una estrategia para evitar el divorcio, Audrey estaría pensando en rehacer su vida. Si no, ¿por qué quería después de todos esos meses divorciarse? No iba a permitirlo. El lugar de ella estaba junto a él. En cualquier ciudad del mundo, pero a su lado.

La sola idea de que Audrey pudiese estar con otro lo acicateaba en lo más profundo, pero resultaba peor vivir un día más sin ella.

Guardó con determinación los papeles de divorcio en su maletín Gucci.

—Lalike —llamó por el interfono a su secretaria.

Iba contra reloj, y sintió que la corbata le apretaba demasiado.

—Sí, señor, dígame.

—Consiga un pasaje a Belfast.

—¿Señor...? —preguntó con un poco de dudas en su voz, pues su jefe evadía los viajes a Irlanda.

—¡Consígame un maldito pasaje aéreo a Belfast ahora mismo! ¿No es tan difícil seguir una orden mía, o sí?

—No... no, no señor Bloomberg, ahora mismo le consigo su boleto. ¿Para cuándo desea el regreso?

—Pasaje abierto. —Cerró la llamada.

Iría a buscar a su mujer al único lugar donde sabía que se había refugiado. Irlanda. Aquella tierra en la que había nacido la atraía como un imán, por eso solían visitar a menudo Belfast.

Además, él mantenía una estupenda relación con sus suegros. Aunque quizá ahora no sería muy sencillo retomar el contacto, pero estaba dispuesto a todo.

Como buena irlandesa, Audrey, tenía un carácter de temer, pero también una risa cantarina que a él le gustaba estimular; era música para sus oídos. Los ojos azules de su esposa lo cautivaron la primera vez que la vio envuelta en un vestido de seda verde oscuro en la entrada de la tienda *Harrods*, en Knightsbridge.

Él conocía mujeres despampanantes y se había acostado con varias de ellas, pero en Audrey vio algo distinto y único que despertó de inmediato su lado protector. Desde ese primer encuentro no hubo nadie más que le interesara, y quiso que el brillo de aquellos ojos fuera exclusivamente para él. Y así ocurrió, hasta que envió al caño sus tres años de matrimonio por no ver más allá de las apariencias.

El trabajo lo mantenía ocupado, pero no era suficiente, nada sería suficiente hasta tenerla a ella de regreso. No soportaba continuar reviviendo en cada rincón de la casa los retazos de su matrimonio.

Su firma legal tenía sede en Londres y también contaba con otras sucursales en el resto del país como Belfast, además poseía una representación en Estados Unidos y otra en Tokio. McMillan & Bloomberg era prestigiosa y la precedía una excelente reputación. Él y su socio se habían hecho a sí mismos; lograr ser parte del estudio jurídico implicaba sacrificio y gran demanda de tiempo, pero al final las cuantías económicas valían cualquier esfuerzo.

Con treinta y ocho años, Max, era sin duda uno de los abogados más jóvenes con tanto éxito comparado con la media en el Reino Unido que solía lograr reconocimiento pasados los cincuenta años. Quizá se debía a que su coeficiente intelectual era casi el de un genio… Salvo por su vida personal. Su rostro aparecía ocasionalmente en entrevistas de medios británicos en las que daba su aporte como experto o bien era considerado como un ciudadano altruista, puesto que acudía a eventos de caridad en los que era fotografiado a pesar de intentar pasar desapercibido.

Le gustaba su trabajo y le costaba en ocasiones delegar a otros abogados casos que le parecían interesantes. Sin embargo, era fiel a su política profesional de enfocarse en uno o dos casos y ganarlos a toda costa, a tener más clientes y perder en la Corte. Él odiaba perder. Un buen líder sabía delegar, y aquello lo había aprendido con el tiempo.

Cuando no tenía opción acudía a eventos nocturnos por petición de clientes, y sus acompañantes solían ser amigas de la alta sociedad. Ellas intentaban obtener algo más que su habitual "gracias", al final de la noche por haberlo acompañado, pero Max no solía estar dispuesto a acceder a las insinuaciones, aunque no era de hierro y la tentación existía.

Lo único que necesitaba era volver a dormir en paz, abrazado de su esposa.

Si tenía que rogar para que Audrey volviera con él y lo escuchara, lo haría sin reparos. Inclusive estaba más que dispuesto a utilizar un recurso ante el cual ninguno de los dos había podido resistirse demasiado tiempo: la seducción.

CAPÍTULO 2

El aroma de café recién hecho reverberaba en la moderna hornilla. Audrey era una mujer de gustos finos, pero con una actitud y modos sencillos.

Cualquiera que viera el metro setenta de estatura, el rostro de un ángel de largas pestañas negras en un traje elegante y zapatos de tacón podría pensar que era una frívola *socialité*. Nada más lejos de la realidad.

Desde la casa que había rentado para vivir en Belfast veía las gotas de lluvia golpear con furia el vidrio de la ventana. Dejó escapar un suspiro mientras se servía una taza del humeante café. Albergaba sentimientos encontrados, entre los cuales predominaba la nostalgia y el deseo de que su matrimonio no hubiera colapsado. Aun recordaba con tristeza la desconfianza y el desdén en las duras palabras de Max.

Cuando abandonó Inglaterra, días después de

aquella horrible pelea, pensó en ir a casa de sus padres, pero no quiso abrumarlos con sus problemas. Se sentía más a gusto sobrellevando su ruptura matrimonial sola.

Hubo muchos momentos en que quiso tragarse su orgullo y llamar a Max para pedirle que la escuchara y soltar así la explicación que nunca pudo expresar. En otras ocasiones, mantenía la esperanza de que él se diera cuenta por sí mismo de que todo fue un error, pero esa esperanza se esfumó cuando llevaba más de un año sin saber de él. Ni un mensaje o llamada de su parte. Nada.

Extrañaba escuchar su voz grave, besar sus labios sensuales, reír con sus bromas, contemplar el modo en que se afeitaba su barba de dos días o simplemente estar entre sus brazos. Su esposo era una oda a la virilidad y poseía un ingenio cautivador. Aunque también tenía graves defectos, como dejarse llevar por su temperamento.

La confianza que tenía en Max se desvaneció después de que la echara de la casa como si fuese una paria o una apestada, sin permitirle hablar cuando se sentía tan confundida por lo que había ocurrido en el metro de Londres. Aquello le dolió más de lo que jamás podría describir, porque Max siempre la había protegido, pero cuando más lo necesitó, la echó de su lado sin considerar ningún argumento.

Al salir de aquella casa, en la que juntos crearon momentos hermosos, sintió como si hubiese dejado atrás no solo su vida de casada, las risas y las ilusiones, sino también el corazón.

Un orgullo tonto

Aquellos primeros días de su separación, todavía en Londres, vivía como una autómata. Se instaló en una suite en *The Dorchester* para despejar la mente y dejar que otros cuidaran de ella. Luego volvió a su departamento de soltera en Notting Hill, que servía para hospedar a sus padres cuando llegaban desde Irlanda de visita. En vano esperó que en cualquier momento la figura imponente y atractiva de Max apareciera en su puerta. Decidió entonces que no podía continuar viviendo en la ciudad, porque sin Max, Londres no tenía sentido.

Por eso volvió a Irlanda. A Belfast. Allí estaban sus raíces y su familia, además quiso que su bebé tuviese un entorno familiar cálido en el cual crecer.

Había amado al padre de su hijo como jamás pensó que volvería a hacerlo, al menos no después de que Benedict, el hombre con el que estaba prometida, muriese en un trágico accidente de trenes en Belgrado. Cuando conoció a Max, ella tenía veinticuatro años, y él, una década más de edad. Lo vio por primera vez, mientras ella estaba a punto de entrar a comprar un obsequio de cumpleaños para una amiga en las tiendas *Harrods*. Él se le acercó a ella sin un atisbo de duda, y a pesar de que su primera reacción tendría que haber sido cautelosa al tratarse de un desconocido, sintió como si quedar ese mismo día para cenar fuese lo correcto.

Max era un hombre difícil de ignorar, su presencia exudaba poder, determinación y seguridad, sumado a ello la encantadora personalidad era un pack que impulsaba a Audrey a hacer uso de su fuerza de voluntad para no permitir que su mundo girase alrededor del de Max y su magnetismo. No era nada fácil resistirse.

La apostura masculina hacía bastante más complicado ensayar la indiferencia con él, aun cuando ella hacía su mejor intento. La mandíbula firme con un ligero hoyuelo en la barbilla, las cejas pobladas que inspiraban respeto, y aquel modo tan sexy en que un fino mechón de cabello caoba caía tan naturalmente sobre su frente, cuando inclinaba la cabeza a un lado para sonreír, la cautivaban.

—¿En qué piensas? —le había preguntado una ocasión cuando estaban cenando. Le puso la mano fuerte y bronceada sobre la suya.

Ella había sonreído y fijó su atención en los ojos de Max, aquellos ojos profundos que poseían un cierto atisbo de sabiduría que la atraía como la miel. Quizá también tenía mucho que ver los diez años de diferencia de edad que se llevaban, pues existía entre ellos un mutuo aprendizaje con vestigios más profundos.

—No imaginé que podría enamorarme de nuevo, no después de Benedict. Han sido unos meses preciosos contigo, Max.

Él asintió con una media sonrisa.

—Lamento que hayas perdido a una persona tan valiosa. No voy a mentir diciéndote que no me siento celoso de lo que tuviste con él…

—Max —lo había interrumpido. Llevaban en ese entonces cinco meses saliendo—, antes de él tuve un par de novios, sí, pero todo era muy inocente en realidad. Además, Benedict y yo nunca…—intentó quitar la mano de la de Max, pero él la retuvo mirándola con intensidad e invitándola a continuar. Ella quería contárselo, porque sabía que su historia con Max no sería pasajera, estar con él era lo que había estado esperando siempre—. Fue una relación más bien platónica, porque él pasaba la mayor parte del tiempo viajando para dar conferencias. Su muerte me impactó mucho, y estuve casi dos años sin salir con nadie. Benedict y yo no… Nosotros nunca…

—¿No se acostaron juntos?

—No… No.

La sonrisa de Max se había ensanchado.

—Eres virgen. —Obviamente no había sido una pregunta.

A ella casi le había parecido ver que sus ojos brillaban con regocijo masculino. No le habría sorprendido, porque Max era muy territorial con ella.

—Sí.

—¿Es por eso que siempre me detienes? ¿No es porque temes que te haga daño? —había indagado frunciendo el ceño.

—Contigo me siento protegida —le había asegurado mirándolo a los ojos—. Y si te hablo sobre este tema es porque lo que siento por ti es distinto...

—Siempre cuidaré de ti. —Aquella fue una promesa a largo plazo. Y el corazón de Audrey había dado un vuelco.

—Lo sé, Max.

—Nunca permitiré que te pase nada. Tú eres especial para mí de un modo que no lo ha sido ninguna mujer. —La mirada cargada de sinceridad de Max había traspasado las barreras de su último muro. En ese instante supo que no existía vuelta atrás para todo lo que sentía por él—. A pesar de que no he sido un santo en mi vida, créeme que nunca había estado tan enamorado de nadie como lo estoy de ti. Te amo, Audrey.

—Max… —había susurrado su nombre con emoción.

—¿Sientes lo mismo por mí?

Ella asintió con una sonrisa en el rostro y el corazón agitado de emoción.

—Yo también te amo.

Aquella noche, le permitió avanzar hasta donde ningún hombre había estado, porque lo deseaba. Lo amaba.

Se entregó por completo a los besos y caricias de Max en un intercambio físico que iba más allá del placer. Fue una fusión de almas lanzándose al vacío para reencontrarse al volver de aquel viaje apasionado y plácido.

Audrey atesoraba con ternura ese recuerdo, porque a pesar de que él era más fuerte y experimentado, la había tratado con suma dulzura y la hizo disfrutar no solo su primera vez, sino toda la noche en que se amaron hasta que los primeros rayos de sol se colaron por la ventana del apartamento de Max en Mayfair.

Una semana después, él le propuso matrimonio.

Cuando les dieron la noticia a sus padres, ellos recibieron a Max como un miembro más de la familia. Después de que su madre planificara hasta el último detalle se casaron, ocho semanas más tarde, en Londres. Organizaron una ceremonia simbólica para los amigos de Belfast que no pudieron estar en Londres. La Luna de Miel la pasaron entre Venecia, Florencia, las Islas Griegas y Europa del Este.

Con el transcurrir del tiempo su relación se volvió más sólida, sensual y difícilmente podían mantener las manos apartadas el uno del otro. Sus gustos eran similares y el modo en que un roce, una mirada y un gesto comunicaban lo que el otro sentía era maravilloso.

El éxtasis compartido era tan solo una extensión del profundo afecto que se tenían. Las peleas eran monumentales, porque uno de los dos no daba su brazo a torcer, y el otro prefería mantenerse en sus trece antes de ceder, hasta que finalmente una sonrisa o una mirada simbolizaban el paso para empezar a arreglar el lío que tuviesen. Entre ambos inclusive los silencios solían ser cómodos. Max leía sus casos o veía deportes en la televisión, mientras ella estudiaba libros de administración de negocios, pues quería tener su propia empresa. Era aficionada a las flores. A pesar de que trabajaba en una preciosa galería, más por ocupar su tiempo que por necesidad, su sueño era tener una florería.

Cualquiera que los hubiese visto juntos podría deducir que eran inseparables y perfectos el uno para el otro. Aunque esos "cualquiera", no contaban con la desconfianza de Max. Ni ella tampoco, a decir verdad.

Recordaba con claridad aquel horrible día en que estuvo a punto de ser agredida sexualmente. El solo recordarlo le hacía sentir asqueada...

Aunque no solía ser tan despistada, aquella vez estaba emocionada porque iba a tener un hijo. Ser mamá por primera vez había sido una ilusión muy grande.

Cuando le había contado la noticia a su esposo, Max se puso loco de contento; le obsequió un par de aretes y una pulsera de diamantes, la llevó a cenar a un restaurante exclusivo y al regreso a casa, hicieron el amor con una ternura que la desbordó de emoción. Se sentía maravillosa.

A la mañana siguiente de aquella noche tan hermosa con Max, se despertó con una radiante sonrisa, ajena a lo que ocurriría horas después y que cambiaría su vida. Y también la vida de su bebé.

Decidió tomar el metro, no lo hacía de modo habitual, pero aquella mañana tuvo ganas de hacer algo distinto en lugar de hacer sus diligencias por Londres con el chofer. Al bajarse en una estación que no era la suya se sintió desorientada. Intentó no entrar en pánico, porque, ¿quién no cometía errores de vez en cuando?

Cuando se dirigía a hablar con dos señoras que estaban cerca para pedirles direcciones o guías para ubicarse mejor, un par de sujetos aparecieron de la nada y la agredieron físicamente intentando forzarla. Sus ojos se anegaron de lágrimas cuando uno de los atacantes apretó con fuerza su garganta para que dejara de suplicarles que la soltaran. Al pensar en su indefenso bebé, que para entonces apenas tenía unas semanas de gestación, gritó lo más fuerte que hubiera hecho nunca clamando por ayuda.

Cuando vio que Stuart aparecía quitándolos de encima, le volvió el alma al cuerpo. Aquellos maleantes salieron corriendo y a ella no le importaba la suerte de ellos. Le daba igual si los atropellaba un camión o si acaso alguien los denunciaba. Solo tenía una prioridad. Su hijo por nacer, por eso lo primero que pensó al verse libre de peligro fue que su bebé estaba a salvo.

No quiso imaginar qué habría ocurrido si Stuart no hubiese estado atendiendo una reunión pro-bono en ese barrio. Aunque no era muy creyente en las casualidades o el destino, en ese momento su fe volvió de golpe. En una ciudad de tantos millones de personas, el hecho de que un amigo hubiese llegado en ese preciso momento era una señal de que aun tenía mucho por qué vivir. Se esforzó por no llorar de nuevo, pero fue imposible. No quiso llamar a Max y alterarlo, porque necesitaba serenarse, a pesar de que Stuart le insistió en que debía avisarle.

Al llegar a casa con la ropa mal colocada, los ojos brillantes del susto y el cabello despeinado, tuvo siempre a su lado a Stuart. En todo momento se mostró amable y considerado. Abrazándola y consolándola le dijo que no debía preocuparse y que intentara pensar que había corrido con suerte.

Cuando sus sollozos remitieron, se tomó un calmante y dejó la cabeza apoyada en el hombro del mejor amigo de su esposo. Finalmente sus nervios se calmaron. Aunque eso le duró poco.

Lo último que se esperaba era ver entrar a Max con un ramo de rosas, y quedarse con el rostro petrificado al observarla con Stuart. En un principio, Audrey pensó que él había deducido lo ocurrido en el metro, por su aspecto físico, y se asustó. Maximilian podría hacer cualquier cosa para intentar encontrar a los culpables, por ejemplo buscar justicia moviendo hilos a cualquier precio y poniéndose en riesgo. Ella no quería eso para Max, ni para ella. Sin embargo, cuando el rostro que tanto amaba se desfiguró en un gesto de asco, lanzando el ramo de flores a un lado y observándola con repulsión, supo que él estaba malinterpretándolo todo.

Stuart se puso de pie e intentó explicarse.

Max lo acusó de ser un malnacido y luego lo golpeó. Ella intentó detener a su esposo, hablándole, pero no consiguió nada. Jamás lo había visto tan furioso y perder los estribos de aquella forma. Stuart le dijo a Max que algún día iba a arrepentirse de lo que estaba haciendo. A modo de respuesta, Max lo echó de la casa. Después se giró hacia ella mirándola con repugnancia.

Cuando recordaba aquel episodio, Audrey podría llegar a considerar que quizá dio la imagen que Max creyó observar al llegar a casa de repente: una mujer abrazada a su amante, después de una faena de pasión, que lucía aun la ropa descolocada y con la mejilla siendo acariciada por Stuart. Y cuando trataba de justificarlo, no podía. Simplemente, no podía.

Su esposo la había llamado "fácil", la acusó de que

quizá él no era el padre de su hijo y de que ese bebé probablemente era de Stuart, si acaso no de otro. En ese instante se sintió muy dolida por las acusaciones hirientes de Max. No hubo modo de que él escuchara. Así que ella, después del susto que tuvo que pasar a la salida del metro, se quedó sin fuerzas para defenderse más de lo que intentó.

Tomó sus maletas, que de mala gana Max le armó, y se fue para siempre.

Ahora, dos años después, y sin noticias de Max, Audrey ya no albergaba la esperanza de volver a él. Esa desesperanza era muy distinta a lo que había sentido en los primeros meses de su separación, a pesar de que ella era la parte agredida.

La indiferencia de su esposo había hecho su trabajo. No creía que volvería a verlo o saber de él. Le dolía profundamente. Adoraba a Max, pero ya había hecho su parte al tratar de explicarse. Si él no quería recapacitar, entonces Audrey no pensaba hacer el ridículo tratando de convencer a alguien que había emitido una sentencia verbal, dura e inflexible, contra ella.

Ya le daba todo igual, y no iba a desperdiciar los años de vida que tenía por delante atada a unos papeles de matrimonio que ya no tenían sentido. Por eso había interpuesto la demanda de divorcio. Ni siquiera iba a pedir una parte del dinero que como su esposa le correspondía legalmente, peor pedirle a Max algo para el hijo de ambos, pues él no lo había querido reconocer como tal.

No necesitaba de Maximilian, ella era solvente.

El llanto de Daniel hizo que dejara sus pensamientos del pasado a un lado.

Colocó la taza de té, ya vacía, sobre el pulcro mesón de mármol negro de la cocina, y fue a la habitación de su bebé. Era lo mejor que le había ocurrido en la vida.

Un milagro maravilloso que había nacido después de un parto complicado. Cuando su bebé cumplió cinco meses, Audrey empezó a desesperarse ante la ausencia de Max. Pero Dan suplió con sus gorgojeos el dolor de la ausencia de su esposo.

Habían pasado ya dos largos años desde que salió de Londres embarazada de tres meses. Su hijo tenía ahora un año y medio de edad.

Un doloroso total de veinticuatro meses sin Max. Pero había sido la elección de él ignorar a su hijo, un bebé que tenía su mismo tono verde en los ojos y el mismo hoyuelo en la barbilla.

Con un suspiro contempló la habitación del niño.

La había pintado de celeste y beige. Aupó a Dan, como le decía de cariño, hasta que él empezó a tranquilizarse. Se acercó con su hijo en brazos frente al espejo. Su figura ya no era tan delgada.

Había notado los cambios que poco a poco se operaron en ella durante el embarazo, aunque seguía conservando sus curvas, pero ahora lucían un poco más pronunciadas. Su pecho aumentó ligeramente de tamaño y las caderas tuvieron un tenue ensanchamiento. «El precio de tener un ser maravilloso creado con amor», se dijo dándose un último vistazo al girarse con una media vuelta, porque así había sido. Su cuerpo era distinto, pero se sentía feliz de tener a Daniel.

Besó a su hijo, le dijo palabras de amor, y le cantó dos nanas hasta que se durmió y ella volvió a colocarlo en la cuna. Estaba terminando de arroparlo cuando el teléfono empezó a sonar. Se acercó a la mesita de noche.

—¿Diga?

—No has venido a vernos hace una semana —respondió la voz algo apesadumbrada de su madre, una mujer enérgica. Cuando ponía voz de circunstancia era porque realmente se sentía de esa manera—. ¿Va todo bien?

La verdad era que Audrey estaba tan ocupada con su negocio que apenas respiraba. Sin embargo, lo disfrutaba inmensamente.

—Oh, lo siento muchísimo. He estado liada con la florería, ya sabes que abril es un mes movidito. Te prometo que pronto estaremos Dan y yo con ustedes. Ahora acaba de dormirse.

Su madre carraspeó.

«Oh, oh. Síntoma de algo que no va a gustarme», pensó Audrey.

—¿Qué sucede mamá?

—Ha venido Patrick Morris.

—¿Pat?

Él era su mejor amigo en Belfast y sabía que sentía cierta atracción por ella, y a pesar de que era guapísimo, jamás se había planteado una relación que no fuera más allá de la amistad que compartían. Patrick conocía sobre el asunto con Max, y aunque en un principio le brindó su apoyo, poco a poco declaró que estaba dispuesto a estar con ella en las condiciones que le pusiera y le pidió que le diera la oportunidad para conquistarla como algo más que una amiga y también de acercarse más a Dan.

—Sí..., bueno, vino a dejarme un encargo que le hice, pero aprovechó para contarme está algo preocupado por ti. Patrick es un buen amigo, ¿qué sucede, cariño?

Audrey le había pedido a Pat que le diese tiempo para pensar si podía iniciar con él, algo que no fuese la amistad a la que estaba habituada. No quería hablar de eso con su madre, porque empezaría a darle la lata insistiendo en que lo mejor era rehacer su vida sentimental, cuando Audrey apenas empezaba a reorganizar su corazón maltrecho.

De hecho, estaba evitando deliberadamente cualquier contacto ajeno al trabajo, porque esperaba los papeles de divorcio firmados por Max, y era un momento que necesitaba pasar sola. Cuando recibiese esos documentos, el final de su matrimonio sería un hecho también ante los ojos de la ley. Un adiós definitivo.

—Estamos grandes para pelearnos —se rio sin ganas— tan solo necesito un poco de espacio estos días. No sucede nada con Pat, mamá. —Se reclinó en la mecedora en la que solía darle el pecho a su hijo y se dejó envolver por la calma de la noche—. No hay nada de qué preocuparse. Daniel y yo estamos muy bien.

—¿Ese descarado aun no firma el divorcio? —

preguntó con enfado refiriéndose a Max—. ¿Es por eso que tienes la voz tan carente de emoción?

Cuando Audrey le relató brevemente a su madre el porqué de su repentino regreso a Belfast sin Max, le explicó que no solo había sido una pelea, sino la ruptura de su matrimonio de tres años. Se guardó ciertos detalles, pero Rebecca intuía lo que no le contaba, y estuvo a punto de llamar a Londres para decirle un par de cosas a su yerno, pero Audrey la convenció de que solo provocaría problemas innecesarios, así que Rebecca desistió de aquel propósito.

—Los papeles los envié hace poco mamá, quizá recién le han llegado... —replicó procurando mantener calmada a Rebecca. «DHL era muy eficiente, así que probablemente Max estaba analizando esa demanda de inicio al final como buen abogado», era lo que pensaba Audrey como argumento a la demora de Max en firmar —. Esperemos que esta semana ya los envíe. Si no, pues volveré a hablar con Stuart para saber qué ha ocurrido.

—No puedes dar tu brazo a torcer —insistió su madre—. No te merece.

Audrey consideró que no tenía punto en recordarle a Rebecca lo emocionada que ella se mostró cuando llegó a casa con Max y el anillo de compromiso. Eso tan solo haría que su madre se mostrara más enfadada por considerar que su juicio se había nublado al juzgar a su yerno.

—Es el padre de Daniel —expresó con pesar,

porque Max se había perdido su embarazo, el maravilloso nacimiento de su hijo y los primeros meses de vida del bebé. Aquellos momentos no podrían recuperarse—. Si en algún momento lo decide tiene derecho a visitarlo. Aunque no ha hecho intento alguno...

—¡Bah! Si ni siquiera cree que es su hijo —bufó furiosa.

—No tengo ánimos de volver a topar el tema —suspiró—. Oye, mamá, hablar del pasado no me ayuda. Ha sido una semana pesada en el trabajo, tengo muchos pedidos y quiero aprovechar en dormir ahora que Dan ya está en la cuna también. Hablaremos pronto. ¿De acuerdo?

—Audrey, si necesitas algo...

—Lo sé, siempre estarás para mí. Eres la mejor, mamá.

—No lo sería si no hubiera tenido una diablilla por hija —rio del otro lado de la línea—. Por cierto, tu padre dice que te manda saludos y te espera a cenar pronto porque no quiere perderse ver crecer a su nieto. —Audrey sonrió—. ¿De acuerdo?

—Es una promesa. —Colgó sin dejar de sonreír.

Cuando volvió de Londres a Irlanda tuvo que escuchar algunos sermones de Rebecca con respecto a cómo sobrellevar las discusiones en el matrimonio. Su madre tenía un genio bastante complicado, pero Audrey sabía que más allá del enfado se sentía decepcionada, ya que Max fue siempre un yerno atento y considerado; saber que trató mal a su hija cuando más lo había necesitado a su lado para brindarle apoyo, la defraudó. Audrey no quería echar leña al fuego, así que procuraba no hablar de Max.

Su padre, Matt Rutladge, era el lado más sosegado del asunto y como ella era hija única, la había consentido mucho. Sin embargo, cuando supo que quería separarse de Max, no se mostró muy de acuerdo con la idea. Él desconocía la parte delicada de la historia, y Audrey prefería que fuese de ese modo.

Matt quería a Max como el hijo que no pudo tener, pues años después de que Audrey naciera intentaron darle un hermanito. Rebecca tuvo complicaciones severas en su útero y los médicos tuvieron que extraérselo para salvar su vida.

Aquellos años no fueron sencillos, pero el amor que tenía Matt por Rebecca era tan sólido que poco a poco aceptaron no poder tener más hijos. Por eso adoraban a Audrey más allá de la razón, sin embargo, también eran conscientes de que ella necesitaba libertad y no protestaron cuando decidió ir a Londres a trabajar.

A Audrey le resultaba imposible culpar a Max por la ruptura de su matrimonio frente a su padre, aun cuando ella era la afectada. ¿Qué más le daba si a cambio de no ver sufrir a Matt, si se enteraba de lo que realmente ocurrió en su matrimonio, él se enfadaba un poco con ella? Estaba algo delicado de salud, y Audrey no quería alterarlo.

A Matt no le faltaban visitas para animarlo y bromear. De hecho, Patrick siempre estaba alrededor dándole conversación, acompañándolos en las barbacoas o a jugar al golf. Ahora también tenía a Daniel, a quien consentía con locura, para pasar sus días.

Cuando terminó de arreglar la habitación de Dan, Audrey fue a la suya.

Se descalzó y estiró la espalda.

Lamentaba no darle la figura paterna que su hijo se merecía. Quizá en un futuro encontraría otro hombre que los amara a ambos. Apenas lleguen los papeles del divorcio... Quizá mereciera la pena que el pintor artístico más famoso de Belfast, Patrick Morris, tuviera la oportunidad de ser más una pareja romántica que solo su mejor amigo. Aquella idea no le parecía tan difícil de aceptar a Audrey, después de todo ambos se conocían de toda la vida.

Se sentía agradecida de que a pesar de cómo Max se portó con Stuart por haberla defendido la mañana del asalto, el abogado no dejó de ser su amigo e incluso le ofreció ayuda legal cuando se la pidió. Stuart le aseguró que Max firmaría sin causar problemas. Ella no se atrevió a preguntar si aquella seguridad se debía a algún hecho en particular; por ejemplo, que Max tuviera una relación seria con alguien o pensara en comprometerse pronto. Era una idea ácida de asumir, pero no por eso irreal.

Había leído en un par de revistas que Max había salido con un desfile de mujeres los últimos meses. Aquellas fotografías que ilustraban los reportajes de sociedad le causaban desazón y celos. Que él se portó como un canalla, no lo negaba, pero resultaba imposible no sentir una opresión en el pecho al verlo en esas revistas.

Ver al hombre que amó tanto tiempo, y que aun era su esposo, con mujeres distintas cada tanto, le dolía, en especial cuando era consciente de que Max la creía una perdida. «Quizá en los brazos de otras mujeres encontraba más satisfacción que con ella», pensó mientras se aplicaba crema en las piernas. Después de todo Audrey no era su primera amante, a diferencia de él que tenía sobrada experiencia. Tal vez eran inseguridades de su parte, pero Audrey no podía evitar pensar en ello.

Con un suspiró se acercó a su coqueta.

Soltó su largo y sedoso cabello rubio para cepillarlo un poco. Dejó encendida la calefacción. Dormir en ropa interior abrigada tan solo por las sábanas era una sensación muy agradable. Se aseguró, antes de acostarse, de que el monitor que le transmitía los sonidos desde la habitación del bebé estuviera encendido.

Cerró sus cansados ojos, al fin.

Un ruido insistente la sacó de un sueño maravilloso. Estaba en la playa con Daniel y él jugaba riéndose, feliz, mientras sus padres conversaban con Patrick, y este les hablaba de los planes de ampliar la familia con ella.

Din-Don.

En su sueño no tenía remordimientos, y contemplaba el anillo de compromiso de Patrick con una gran sonrisa. Sentía que todo estaba en orden, no existían obstáculos. Solo calma. No existía la culpa, ni resentimiento.

Din-Don. Din-Don.

Medio dormida todavía, y de mala gana, alejó el cobertor. Se levantó con rapidez y salió corriendo de su habitación esperanzada en que su hijo no se despertara con el sonido del timbre. Sin pensárselo dos veces abrió de un tirón la puerta.

Si acaso le quedaba algún resquicio de sueño se fue en el instante en que la figura alta e intimidante la quedó mirando en el portal.

Decían que a veces después de un sueño agradable llegaba una pesadilla. Audrey la tenía ahora ante sus ojos. Max estaba desnudándola con la mirada.

Quiso gemir de vergüenza. Se había olvidado por completo que estaba en ropa interior por la desesperación de que su hijo no se despertara.

—¿Así recibes a cualquiera que toque la puerta? —preguntó con ese tono grave y profundo que afectaba sus terminaciones nerviosas. Después de tanto tiempo sin escucharla, la estremeció.

Max estaba guapísimo. ¿Cuándo había dejado de serlo? Su colonia continuaba siendo la misma. Llevaba aquella barba de dos días que la atraía como un imán. Sus ojos verdes guardaban oscuras profundidades y brillaron al reconocer su cuerpo. «¿Estaba viendo lo mucho que se marcaban sus caderas?», se preguntó de inmediato. ¡Qué más daba! Él no era ya parte de su vida.

—Max —atinó a decir. ¿Qué podía hacer? ¿Cómo podía alguien haberla preparado para encontrarse con él, después de dos años? Su altura era inquietante y se sentía intimidada. Luego recordó cómo la había tratado y cualquier atisbo de nervios se esfumó—. ¿Qué haces aquí? —espetó esta vez con frialdad.

Enarcó una ceja mirándola de arriba abajo sin ningún tapujo.

—Supongo que esperabas a alguien más, Audrey —se reprendió por empezar de ese modo, pero, ¿qué diablos hacía semidesnuda abriendo la puerta? ¿Acaso estaba loca? Tenía ganas de recorrer su cuerpo con los labios, con sus manos, hundirse en el cálido almíbar delicioso de su interior. Verla de nuevo despertó cada pequeña célula de su cuerpo. Se sintió de pronto como un hombre muerto de sed, y la única capaz de saciarlo era ella. Estaba preciosa. Y si había otro hombre de por medio, lo mataría, vaya si lo haría—. ¿O es que ya estás acompañada y solo interrumpí el momento?

—Cualquier momento que implique tu presencia ya es malo —replicó con desdén. Dejó la puerta abierta, no tenía punto en oponerse, porque él entraría de cualquier manera.

Fue a su habitación con rapidez a buscar algo que ponerse encima. Era extraño cómo se sentía cohibida a pesar de que juntos habían recorrido muchos caminos placenteros. «Demasiado tiempo…, y quizá demasiadas mujeres de por medio ahora», pensó mientras se ajustaba una bata bordada, en tono violeta muy oscuro, a la cintura.

Cuando regresó a la sala, Max se había acomodado y encendido el fuego en la chimenea. No le bastaba con la calefacción central, claro que no.

La camisa blanca se le amoldaba a los músculos, y

el pantalón protegía unas piernas trabajadas a base de ejercicio. No en vano ella había dormido tres maravillosos años de matrimonio enredando sus piernas delicadas y suaves, entre las de su esposo. Apartó esos recuerdos, porque no ayudaban a la causa.

—Maximilian —dijo detrás de él, acercándose con más seguridad a la sala. El salto de cama era un escudo protector—. Veo que te sientes como en tu casa, aunque ciertamente no te invité a ponerte cómodo.

Él le dedicó una sonrisa.

—No pienso firmarte el divorcio —declaró sin más preámbulos. A eso había ido. Se embarcó en el primer avión de Londres a Belfast, pero hubo retrasos por mal clima. Estaba furioso. Sin embargo, tuvo un momento para calmarse cuando lo llamaron de la oficina que tenía en Belfast a pedirle una opinión sobre un caso. Cuando se sintió preparado para enfrentarse a Audrey hizo sus pesquisas para encontrar en dónde estaba viviendo.

—Mal por ti. No tengo ganas de continuar atada a ti legalmente.

Max ignoró el comentario.

—Aun no respondes mi pregunta, Audrey. ¿Estás con alguien?

Ella lo miró con fastidio ante la autoridad de su voz.

—Y si estuviera, ¿qué? Ya no soy tu asunto, me echaste de tu casa, después de acusarme de cometer adulterio. ¿Qué derecho tienes a preguntarme cualquier cosa? —replicó indignada cruzándose de brazos. «¿Cómo se atrevía a interrogarla de ese modo cuando él se bandereaba por todo Londres con una mujer distinta cada fin de semana?».

—El derecho que me da el ser tu esposo —respondió con fingida calma.

Max sabía que estaba en terreno peligroso y lo que menos buscaba era enardecer más el rencor y resentimiento de Audrey. Decidió jugar con más sutileza, porque hasta ese momento se estaba comportando como un completo tonto. Pero ese era el efecto que tenía su esposa, nublaba sus sentidos. Siempre había ocurrido de ese modo.

Se estiró en el sofá, cruzó una pierna sobre la otra, y buscó hacer contacto con los ojos azules de Audrey.

—No he venido después de todos estos meses para pelearme contigo. ¿Podemos hablar?

—Perdiste ese derecho en el momento en que tú me lo negaste.

—Tienes toda la razón. —Ella pareció desconcertada por su nuevo tono conciliador. Max aprovechó la oportunidad—: No fui precisamente un marido ejemplar.

Ella bufó elevando los ojos. Max fingió no darse cuenta.

—Sé que he dejado pasar demasiado tiempo… He estado analizando todos los puntos y acepto mi culpa —reconoció.

—Es demasiado tarde para aclarar algo que está en el olvido —replicó Audrey. El corazón le latía muy rápido. Estaba lista para discutir, pero no para el modo en que la mirada cálida de Max se mezclaba con cada palabra que decía. Él tenía una estrategia y estaba buscando algo. Su desconfianza se incrementó—. Ahora, yo tengo que dormir, pues a diferencia tuya no tengo un ejército de abogados generando miles de libras esterlina diarias para mí.

Max la contempló unos segundos.

—Tú también eres millonaria, no sé por qué tienes que ponerte a la defensiva.

—Lo que sea que estés tramando no te va a dar resultado.

Él observó el fuego crepitar, hasta que un par de chispas saltaron de uno de los trozos de madera. Ella lo conocía mejor que nadie. Era mutuo. Audrey estaba a la defensiva, lo cual era comprensible. Si él hubiese sido la parte agraviada probablemente habría actuado del mismo modo.

—No tengo ningún derecho a estar en tu casa después de haberte tratado tan mal. —Se sintió perdido cuando notó que el rostro de Audrey se contraía como si le hubiesen aplicado una tortura—. Fui un imbécil. Lo reconozco. Y también acepto que he tardado demasiado tiempo en darme cuenta. Lo lamento, Audrey —dijo mirándola a los ojos—. Lo lamento sinceramente.

Silencio.

El único sonido era el de las llamas de la chimenea. Ella apartó el rostro.

—Tus disculpas llegan cuando no son necesarias. No pondré en duda que eres un imbécil. Me alegra que te des cuenta, ahora por favor, sal de mi casa.

—¿Repitiendo una escena?

—No creo que te convenga ir por ese camino, ni bien has expresado una disculpa vacía. ¿Buscas conocer a tu hijo? No necesitas armar tanto revuelo ni fingir lo que no sientes para ello. —Se tapó los labios con la mano fingiendo haber hablado demasiado, y dijo—: Oh, cierto, no es tu hijo según dijiste.

Max apretó los dientes. Entendía que ella empezara a desquitarse. Se lo merecía, pero no iba a responder a los intentos de provocarlo. Sabía que buscaba una excusa para echarlo. Él no pensaba dársela.

Suspiró, poniéndose de pie, y automáticamente ella retrocedió un paso y se arrebujó en la bata. La prenda lejos de cubrir su cuerpo lo marcaba evidenciando sus sinuosas curvas.

—Audrey... —Se acercó poco a poco y ella continuó alejándose despacio—. No voy a darte el divorcio —aseguró.

Ella lo miró desconcertada. Y pronto Max la tuvo atrapada contra una de las paredes de la sala.

—¿Por qué...? —susurró al verse acorralada.

—Porque tenemos un hijo —expresó con tristeza, porque era consciente del tiempo que había perdido y los recuerdos que no podría recuperar—. No pienso hacerme esa maldita prueba de ADN que has pedido para confirmarlo. ¡Claro que es mi hijo, Audrey!

Ella empujó con fuerza a Max, presionando sus pectorales. Fue como si hubiese querido mover un muro rocoso. Él no dudó y apresó con sus manos las de Audrey.

—No te pedí el examen de ADN para que lo confirmaras solamente —dijo ella.

Elevó el mentón, orgullosa.

—¿Entonces? —preguntó confuso.

Ella agitó sus manos contra las suyas, pero no logró zafarse. Sentía la piel arder y la cercanía de Max la ponía nerviosa. Cuando finalmente estaba frente a ella y le pedía disculpas se lamentaba de que fuese demasiado tarde para ambos, pues estaba considerando darle una oportunidad a Patrick.

—Es tu responsabilidad pasarle a mi hijo una manutención. En un principio pensé en no pedírtela, pero no voy a eximirte de ese compromiso con Daniel. Yo puedo tener dinero, pero esa es *tu* obligación, y voy a hacerla valer ante los tribunales si es preciso.

—Nuestro…

—Negaste a Daniel, dijiste que era el bastardo de alguien más… —le reprochó con la voz quebrada—. Mi hijo no es ningún bastardo —se quejó dejando que una lágrima rodara por su mejilla.

Audrey podía soportar cualquier cosa, pero nunca que su bebé fuese tratado de esa manera. Peor por su propio padre. Eso le dolía más que nada de lo que Max hubiese podido decirle para herirla.

Una sombra de dolor asomó en los ojos de Max.

Él soltó la presión que tenía alrededor de los dedos suaves y femeninos, y a cambio la acercó a él. Deslizó las manos hasta la espalda, enlazándolas para que no se intentara apartar, conteniendo las ganas de tomarla en brazos y acunarla en su regazo. Audrey dejó caer su cabeza en el hombro de Max conteniendo los sollozos.

—Shhh. —Besó los cabellos dorados de su esposa—. Oh, cariño, he dañado nuestro matrimonio hasta el fondo. No tienes idea lo mucho que me duele verte así…—subió y bajó las manos acariciando con suavidad la espalda de Audrey, mientras los sollozos remitían poco a poco.

Ella no intentaba alejarse y Max sintió como si hubiera encontrado un pequeño resquicio de esperanza. Se quedaron así, abrazados un largo rato. Ninguno de los dos dijo nada. Poco a poco Audrey empezó a ralentizar su respiración.

¿Cómo se unía la brecha de dos años, en una noche?

Audrey se apartó mirándolo de aquel modo por el que Max se habría puesto de rodillas sin pensárselo para evitarlo. No existía reproche en sus ojos, sino una profunda tristeza. Y él no era capaz de encontrar el modo de borrarla. Él era el culpable.

—Mi hijo no es un bastardo…

Él enmarcó el rostro en forma de corazón con sus manos bronceadas.

—No lo repitas más, cariño. Nuestro hijo no es ningún bastardo. No lo es, Audrey. —Deslizó los dedos sobre los carnosos labios de Audrey y ella sintió la inmediata descarga que corrió hasta la punta de sus pies, como siempre le ocurría. Max respiró profundo—. ¿Le pusiste Daniel en honor a mi padre, verdad? —preguntó con una sonrisa de agradecimiento.

Ella asintió.

El padre de Max falleció años atrás a causa de un devastador cáncer que lo consumió en dos meses. Era el ídolo de Maximilian, su mentor y quien lo impulsó a consolidar su carrera y abrirse paso por sí mismo. Daniel Frederich Bloomberg fue una eminencia legal en el Reino Unido y cuando murió dejó un gran vacío en Max.

Audrey sabía cuánto había significado Daniel para su único heredero. Su suegro fue un hombre fuerte, decidido y sin temor a enfrentarlos retos. Ella quería que su hijo llevara el nombre de una persona respetada y a quien apreció mucho durante el tiempo que pudo tratarlo. El padre de Max la acogió como parte de la familia de inmediato; exactamente como hicieron sus padres con Maximilian.

—Oh, Audrey. No te merezco, quizá nunca lo hice, pero no podía permitir que otro te tuviera. Me volvías loco.

Una lágrima rodó por las mejillas de Audrey, y luego otra, porque no podía contener los recuerdos que venían a su memoria. Las risas, el modo en que él hizo de todo para ganarse su interés, y luego, aquella tarde...

Mirándose a los ojos, Max se inclinó y absorbió con los labios sus lágrimas. Con una mezcla de dolor, rencor y añoranza, ella puso una mano sobre el dorso firme para alejarlo o para acercarlo o rechazarlo... Ya no sabía por qué lo hacía. La barbilla le temblaba ligeramente.

Tenía emociones encontradas. Un día lo amaba, y al siguiente lo odiaba. Estaba confusa y cuando creía que podía finalmente dejarlo todo atrás, él aparecía en su casa.

—Max... —dijo, cuando los labios de Max se quedaron suspendidos en el aire a tan solo un suspiro de los suyos—. No...

—¿Por qué? —preguntó conteniendo sus ganas de acariciarla, decirle que lo sentía muchísimo... Había tanto por qué pedir disculpas.

No quería presionarla, pero la necesitaba y se sentía devastado por todo el daño que le había causado y el tiempo que desperdició ensimismado en su estupidez. Odiaba ver esa mirada desconfiada y perdida, tan carente de la vitalidad que solía refulgir en esos preciosos ojos azules, en la que antes solía encontrar la aceptación completa.

Audrey suspiró. Fue una mezcla de tristeza e incertidumbre.

—Ya no sé lo que siento por ti, Max... Estoy confundida —bajó la mirada. No por cobarde, sino porque le dolía tener que aceptar que ahora tenía dudas, cuando nunca antes las tuvo sobre sus sentimientos por él. No era el mejor momento para ambos, y quizá nunca lo sería. Los meses que habían pasado sirvieron para que su carácter se templara, ya no estaba solo ella, tenía una personita indefensa que necesitaba que fuera más fuerte y merecía un entorno de confianza, algo que Max no había podido brindarle—. Quiero el divorcio —dijo sin mucha convicción, pero lo suficientemente firme para que no se le quebrara de nuevo la voz.

Max colocó dos dedos en la delicada barbilla y elevó el rostro de Audrey hacia él. Ella pudo leer arrepentimiento en la mirada verde esmeralda, pero también deseo. Entre ellos nada era a medias, pero dos años era demasiado tiempo, y las heridas aún no estaban cicatrizadas.

—Audrey... —pronunció con una cadencia tierna y lenta, como si estuviera haciéndole el amor a su nombre.

Si Max conseguía seducirla estaba perdida. Después de todo lo que había ocurrido entre ellos se sentía incapaz de rehusar a que la tocara. Le parecía como si se traicionase a sí misma, como si su cuerpo tuviese voluntad propia, mientras su cerebro intentaba mantenerse firme en su negativa.

Tragó en seco.

—Max, lo siento, no puedo. —A pesar de que su orgullo se lo quiso impedir, su argumento salió de sus labios de todos modos—: No sé con cuántas mujeres has estado después que yo salí de tu vida.

El rostro de nariz recta y facciones varoniles se tensó.

—¿De qué me hablas? —preguntó con un gruñido.

—No soy tonta ni estoy ciega. Además de mis negocios personales, leo literatura, y periódicos, y entre esas lecturas también incluyo revistas del corazón —expresó con rabia deshaciéndose del dedo que aún permanecía en su barbilla. Finalmente logró empujarlo unos centímetros de ella—. ¿Todas esas mujeres, Max? Y ni siquiera tienes papeles de divorcio firmados. ¿Quién es el adúltero ahora? —espetó.

Recordar la última foto de Max tomando el sol en la Costa Brava española con un grupo de amigos, y una morena que se lo comía con la mirada mientras él sonreía, no le hizo gracia. Cada una de esas mujeres eran fantasmas que causaba desazón.

Él maldijo algo que ella no alcanzó a comprender.

—Escúchame bien, Audrey. Maldita sea —la tomó de los hombros con suavidad—, no ha habido nadie. ¿Comprendes? N-a-d-i-e desde la primera noche que dejaste de estar en mi cama.

—Las revis...

—Y una mierda las revistas —replicó enfadado. Colocó las dos manos contra la pared, para no tocarla y también para evitar que ella se escabullese. Le habló muy de cerca—: Necesitaba acompañantes para eventos, eso ya lo sabes. Todas eran amigas, muchas de ellas te conocían. Jamás les di luz verde para nada. Y la única ocasión que estuve en España, porque supongo que esa foto también viste —ella no se molestó en negarlo, mantenía su barbilla orgullosamente elevada—, fue un viaje para celebrar el cumpleaños de uno de los socios de la firma. No pasó nada, ni estuve con nadie de ningún modo. Ni romántico, ni erótico. Nada, Audrey. ¿Lo entiendes? —casi gritó, pero era consciente de que su hijo estaba en alguna parte, y aunque se moría por conocerlo, necesitaba primero sentar un escenario menos hostil con Audrey.

Ella se encogió de hombros como si le hubiese dicho qué mes del año era, pero por dentro sintió alivio con la explicación.

—No tengo que entender nada. Puedes ir a revolcarte con quien quieras —si su mirada quemase, Max estaría en llamas—, ¿está claro? Solo me parece hipócrita de tu parte venir aquí en la mitad de la noche, después de casi dos malditos años e intentar recomponer con una disculpa el desastre que creaste sin darme lo que inclusive los asesinos reciben: beneficio de la duda. No confiaste en mí cuando el matrimonio se trata de eso precisamente. ¿Así quieres que *yo* confíe en tus explicaciones? Tienes un problema, abogado.

Max estaba perdiendo la paciencia.

—¿Qué es eso de que puedo revolcarme con cualquiera? —murmuró en un peligroso tono suave.

El refulgir de los ojos verde esmeralda parecía una mezcla de brebaje espeso y oscuro. Ella contuvo las ganas de salir corriendo.

—Yo... —murmuró nerviosa al sentir su respiración a pocos milímetros—. Pues eso. Puedes continuar con tus aventuras y dejarme en paz.

—¿Significa que tú lo has estado haciendo?

—¿El qué?

—Acostarte con otros.

—Ya te dije que no te incumbe.

—¿No? —Se inclinó y depositó un beso en el cuello delicado y se demoró un poco en la caricia. Audrey contuvo el aliento, temblorosa—. No me incumbe y no te has acostado con otros. ¿Es eso?

Ella no le respondió.

—¡Dios, Audrey! Ha pasado demasiado tiempo —murmuró contra la sensible parte detrás de su oreja derecha—. Déjame besarte… —pidió sin dejar de dar pequeños besos—. Te necesito.

Echando por tierra el ardor en su piel por las ganas de sentir a Max más profundamente, lo alejó despacio. Él la miró, pero no dijo nada y no la presionó.

—No me vas a seducir y olvidarte de todo lo que me has hecho pasar estos meses. Quiero que te marches, Maximilian. Lo digo en serio.

Él enarcó una ceja de aquel maldito modo tan sexy que tenía. Trató de mantener a raya sus impulsos. Audrey estaba tan guapa como siempre, y Max la quería de vuelta a su lado. Ni sus disculpas ni sus palabras funcionaban. Estaba empezando a desesperarse, aunque era el peor consejo sobre cómo afrontar una situación difícil que como abogado le habría podido dar a un cliente.

—En este preciso instante por el modo en que te retuerces los dedos detrás de la espalda —ella lo maldijo por conocerla tan bien—, sé que deseas que te bese, que te quite la ropa y te posea de todas las formas en que lo hacíamos —expresó con voz ronca paseando su mirada con ardor sobre los pechos de Audrey, cuyos traicioneros pezones se marcaban contra la tela de la bata—. Sé que quieres que bese ese suave punto justo antes del final de espalda —recorrió con el dedo la columna de Audrey y ella contuvo un temblor—, y me deslice suavemente primero y luego, cada vez más rápido en tu interior…

Cierta parte entre los muslos de Audrey se humedeció, y ella estuvo agradecida de que Max no pudiese saberlo.

—Pues qué pena que tu clarividencia llegue tan tarde y tan errada. No soy la misma mujer de hace dos años, y ahora —dijo con fastidio al ver su mirada de petulante suficiencia masculina—, quiero que te marches de mi casa o estoy dispuesta a llamar a...

—¿Patrick, quizá es el hombre que te tiene inquieta? —inclinó la cabeza para dejar otro beso, justo detrás de la oreja. La sintió temblar y sonrió contra su piel suave.

Conociendo a Max, seguramente habría averiguado sobre ella antes de presentarse en su puerta. Imposible que no supiera que había estado saliendo con Patrick. «¿Con qué derecho se inmiscuía en su vida?», se dijo, furiosa.

—¡Fuera de mi casa! —gritó empujándolo con toda su fuerza.

Se arrepintió de haber elevado tanto la voz, porque en ese instante el llanto de Dan se hizo escuchar. Los fuertes pulmones eran sin duda una clara muestra de que el niño tendría el carácter de su padre.

Ignorando completamente al hombre de un metro ochenta y ocho que tenía en la sala, puro músculo y duro de deseo por ella, Audrey corriendo a la habitación de su bebé. Max la siguió en silencio, y agradeció que su hijo hubiera escogido ese preciso momento para llorar, porque no habría podido controlarse un segundo más sin acercar la nuca de Audrey hacia él para besarla hasta que uno de los dos terminase jadeando.

Cuando estuvo en el marco de la puerta se quedó anclado al suelo de parqué.

La pequeña personita que lloraba y gritaba le pareció perfecta y se sintió aun más estúpido al haberse perdido el embarazo de su esposa y el nacimiento de su hijo. Quizá era un absurdo sentir envidia de los brazos cálidos que envolvían a Daniel, y que se negaban a acogerlo a él.

Audrey estaba demasiado concentrada en Dan para fijarse que se desataba mecánicamente el cinturón de la bata para darle el pecho. Sonrió cuando vio que su hijo se aferró con sus tiernas encías al pezón y empezó a succionar con entusiasmo. Ella mantuvo la cabeza inclinada hacia él, meciéndose y cantándole una nana ajena a Max.

Cuando notó que su bebé estaba dormido y satisfecho empezó a acomodarse el sujetador. Al alzar la cabeza se quedó a medio hacer.Max la devoraba con la mirada.

—Es la imagen más cautivadora que haya visto nunca —expresó él con añoranza avanzando hacia ella, pero sin intentar acercarse demasiado—. Gracias por darme este regalo tan hermoso —declaró con sinceridad y emoción en la voz. Observó a su hijo con anhelo.

La rabia por la discusión se había desvanecido.

—Yo... —Terminó de acomodarse la ropa.

Tolerar al Maximilian prepotente, enojado e hiriente era más fácil que escuchar a un hombre tierno, considerado y arrepentido—. Max, de verdad, por favor, vete —se giró hacia él, mirándolo con impotencia—, no quiero pelear, necesito tranquilidad y mi hijo también...

—*Nuestro*, hijo.

Ella se rio con ironía.

—¿Ahora sí estás seguro de que es tuyo?

—Siempre lo supe y todas las estupideces que te dije fueron porque estaba cegado por los celos... —se pasó la mano por el rostro—, fue casi como si una lanza me hubiese alcanzado hasta dejarme sin respiración. No pensé con claridad.

—¿Y qué esperas que haga yo con tu arrepentimiento? ¿Quieres que te diga que todo está bien? ¿Dos años pasan pronto y todo se olvida? Son más de las diez de la noche y necesito descansar. Haz acopio de tus normas de consideración social y vete.

—Quiero ver a nuestro hijo. Quiero conocerlo. Necesito tenerlo en mis brazos.

Con un suspiro, Audrey le entregó a Daniel, depositándolo con suavidad en los brazos de Max. Por más enfadada, confundida o herida que se sintiera, no podía quitarle el derecho de verlo.

Él acogió el pequeño bulto mirándolo con adoración, y acarició con reverencia la cabecita rubia que acompañaba al cuerpo regordete e inocente de su hijo. Lo sostuvo un largo rato. Fue un momento de conexión padre-hijo. Lo tranquilizaba que Audrey no estuviera saliendo con nadie de manera seria, pero odió enterarse de que el oportunista de Patrick la estaba rondando. No era idiota, y nunca le gustó esa amistad. Cuando se casaron agradeció que el pelirrojo tuviera que quedarse en Belfast, mientras ellos vivían en Londres.

Estaba contra reloj para reconquistar a su esposa.

El amigo de Audrey nunca representó una amenaza, pero ahora las cosas tenían otra perspectiva. Ella no quería saber de él, y si aquel idiota la estaba rondando, Audrey podría aceptar invitaciones de Patrick tan solo por insistir en su punto de que el divorcio no tenía vuelta atrás.

Al menos tenía un punto a considerar como victoria. Estaba seguro de que la pasión entre él y Audrey no estaba extinguida, lo cual jugaba a su favor.

Audrey contempló la estampa que tenía delante con el corazón cautivado. Ver a Max, un hombre tan grande y fuerte, sosteniendo a su frágil bebé en brazos con dulzura, le producía un tirón cargado de anhelos. Anhelos que no podía permitirse. Él decía que no pensaba darle el divorcio, y eso la dejaba en una situación sin salida, en especial por su mejor amigo.

Patrick se había portado siempre leal, a pesar de que sabía de sus sentimientos encontrados por Max. Le confesó que estaba enamorado de ella y quería que dejara de verlo solo como su mejor amigo. Y a partir de esa declaración, cinco meses atrás, la relación de ambos empezó a cambiar.

El primer y único beso con Patrick fue cauto, pero

llegó a sentirse muy cómoda, y permitió que se hiciera más profundo. No hubo fuegos artificiales, ni temblor en su cuerpo al besarlo. Con él todo era dulzura y calma. Y de algún modo era una sensación plácida y distinta a cómo ardía su piel y hervía su sangre cuando Max la besaba. No podía evitar las comparaciones de dos hombres con personalidades opuestas.

No era capaz de permitirle a Patrick que la besara una segunda ocasión. Si accedía a sus avances o intentos de robarle besos, inclusive algo más, todo cobraría una dimensión diferente y no habría paso atrás. Por eso le había pedido espacio, y justo cuando la idea de intentarlo con Patrick no la sentía tan equivocada, entonces llegaba Max confundiéndolo todo. De nuevo.

—Se ha quedado dormido. Es perfecto, Didi —murmuró en silencio devolviéndola al presente al llamarla de aquel modo cariñoso. Ella lo miró y no pudo evitar esbozar una ligera sonrisa—. ¿Qué hago… Cómo lo dejo en la cuna sin incomodarlo?

Ella se acercó y lo tomó en brazos, rozando así su piel con la de Max. Acomodó a Daniel en la cuna y lo arropó con la manta. Comprobó el transmisor y luego le hizo un gesto de silencio a Max. Como si fuese lo más natural del mundo ambos salieron cerrando la puerta detrás.

Al llegar al pasillo se hizo un incómodo silencio. Max supo que tenía que aprovechar la oportunidad ahora que la notaba calmada.

CAPÍTULO 3

—Está lloviendo más fuerte que cuando llegué —susurró Max contemplando cómo las gotas de agua golpeaban con fuerza los ventanales de la sala. Observó la pose relajada de Audrey y consideró que quizá no era tan mal momento—. Didi, me gustaría pasar la noche aquí.

Ella se rio por su cinismo.

—Creo que te estás pasando de listo.

Él se giró para tomar el vaso de whisky que había sacado del mini bar de la estancia. Agitó el líquido ambarino y luego lo bebió de un trago.

—No quisiera salir en el automóvil cuando la visibilidad será casi imposible. Preferiría no arriesgarme a tener un accidente y eso no tiene nada que ver con pasarme de listo —dejó el vaso sobre la superficie de madera. Se acercó a Audrey. Ella no retrocedió y Max lo consideró un indicio de que quizá la peor parte de la discusión ya había tenido lugar–. ¿Puedes considerarlo al menos? —preguntó con el rostro serio.

Conducir con la lluvia no le gustaba. Podría pedir un taxi, sin duda, pero quería hacer el intento de que ella empezara a aceptar paso a paso su presencia.

Audrey cruzó los brazos, ajena al modo en que sus pechos se fruncían contra la tela del salto de cama que le llegaba hasta las rodillas. Un detalle que, por supuesto, no pasó desapercibido para Max.

—Me da lástima saber que el abogado más adinerado de Londres no pueda tener la genial idea de llamar a un taxi.

Él desestimó las palabras con una sonrisa.

—Llegué hace unas horas y tuve que solucionar un asunto con un cliente en la ciudad. —No tenía intención de comentarle que había adquirido recientemente un lujoso inmueble en los alrededores—. Ya sabes que también tengo una filial del bufete en Belfast, así que aproveché para reunirme con los abogados. Están en medio de un caso importante y era mi obligación verlos para asesorar.

—¿Estás aquí entonces por negocios y yo te quedaba al paso? —preguntó ella con ironía.

—Vine para hablar de esa estúpida idea que tienes de divorciarte de mí y aproveché para atender mis negocios. No intentes tergiversar las cosas —replicó sosegadamente.

—Jamás se desaprovecha un modo de ganar

dinero, ¿verdad?

—El sarcasmo no te va, cariño. Además, nunca te quejaste de que te faltara algo.

—Tengo mis propios medios para mantenerme —enfatizó con orgullo—. No me gusta usar el dinero de mis padres... Ni me gustaba hacerlo con el tuyo cuando vivíamos juntos.

Era la única mujer a quien no le interesaba su fortuna, bien lo sabía Max, y también la única que le plantó cara tantas veces como sentía hacerlo cuando no estaba de acuerdo con algo. Eso era refrescante para alguien que estaba habituado a recibir constantemente halagos y complacencias a todo cuanto decía o pedía. Él se hubiera sentido aun más feliz si Didi hubiese gastado su dinero para comprarse su último capricho. Solo que Audrey no era caprichosa.

—Lo sé. Una de las tantas cosas que me gustan de ti.

Ella no quería aceptar sus halagos.

—He cambiado —replicó con acidez.

—Sí, por mi culpa. Te has hecho desconfiada… —señaló con resignación.

Ella le dedicó una mirada de no-puedo-evitarlo-es-tu-culpa.

Max asintió, al leer su expresión.

—Audrey —pronunció con tono conciliador. Haría un último intento, e iría con calma. Se moría por besarla y abrazarla, pero por una noche era suficiente presión—, dormiré en el mueble. Quiero tomar en brazos a mi hijo apenas se despierte, ¿eso está bien? —le tomó la mano y ella no lo rechazó.

Entrelazaron los dedos.

—No lo sé…

—¿Es que estás saliendo con alguien?

—¿Por qué estás aquí? —evitó responder.

—No pienso darte el divorcio.

Ella observó el modo en que los dedos elegantes y masculinos se curvaban con los suyos. Piel bronceada y piel blanca. Una combinación que siempre le fascinó.

—¿Eso es todo? —murmuró. Tenerlo cerca, el fuego de la chimenea, la lluvia, sus emociones contrariadas, su hijo… Todos los elementos para confundirla estaban presentes, y a la vez era todo perfecto como si nada complicado hubiese ocurrido entre ellos. Pero había ocurrido—. Vienes a conocer a tu hijo, que ahora sí es tu hijo para ti, me exiges que no me divorcie de ti, ¿para qué?

La boca de Max se curvó generosamente hacia arriba.

—Para reconquistarte.

Ella lo quedó mirando.

—No es justo… —susurró.

—¿Por qué? ¿Habías pensado rehacer tu vida? —preguntó con ironía, pero las mejillas de Audrey se tiñeron de rubor, dándole una respuesta que él había temido. Sintió un nudo en la garganta y la rabia empezando a deslizarse por sus venas—. Así que es eso. Sí que estás con alguien…

Inconscientemente apretó con fuerza los dedos femeninos que aun mantenía entrelazados a los suyos.

—Tal y como tú has estado haciendo con la tuya, Max.

—Hace una hora me acusaste que estuviera saliendo con otras, y te aclaré que no ha sido así. Ahora dices que habías pensado en rehacer tu vida, entonces debo asumir que estabas siendo una hipócrita y que tienes un amante —dijo con voz afilada.

Ella se zafó de su mano y puso distancia.

—No eres un santo, Maximilian. Te conozco.

—A lo mejor, yo también he cambiado. El primer cambio fue cuando te conocí y dejé de ver a cualquier otra que no fueses tú. Y así ha sido desde entonces. El segundo cambio consistió en no ser idiota y aceptar mis errores. Por eso estoy aquí. Pero si tienes un amante…—gruñó sintiendo cómo la sangre se le helaba en las venas, y los celos reemplazaban a la desesperación ante la idea de que otro hombre la hubiera tocado, aunque él la hubiese empujado de algún modo a ello—. Quizá sea momento de modificar aquí ciertas cosas.

Se retaron con las miradas.

¿Qué derecho tenía Max a juzgarla, cuando él destrozó su vida? Si quería saber, entonces se lo diría.

—He considerado la posibilidad de darle una oportunidad a alguien… —se interrumpió al ver la mirada fiera y el modo en que Max apretaba los dientes y echaba chispas—. Eso es todo.

En un impulso, él la tomó de los hombros con firmeza.

—¿Con cuántos hombres te has acostado? ¡Cuántos! —exigió saber con desesperación.

Luego la soltó como si le diera asco. «¡Demonios! Sus intenciones de ser suave se acababan de esfumar.» Se pasó las manos por el espeso cabello, despeinándoselo.

—No he sido hipócrita, ni soy promiscua. No voy a permitirte hablarme de ese modo —se defendió con la misma autoridad con que Max la increpaba—. Nos vamos a divorciar y te quiero fuera de mi vida. *Ahora.*

Él se echó a reír con incredulidad.

—Aun no lo entiendes, ¿verdad? —Ella lo miró con altivez—. El divorcio no existe entre nosotros —declaró Max con firmeza y muy seguro de sí mismo.

—Los sentimientos no se condicionan con un papel —replicó molesta.

«¿Entonces estaba enamorada ya de otro?» Se había preparado para sus reclamos, el resentimiento, dolor, reproches, pero no para aceptar que tenía sentimientos por otro. Claro que era muy presuntuoso de su parte, pero estaba juzgando según su propio comportamiento. Él no había tenido otra, porque la necesitaba solo a ella. Audrey.

Él iba a replicar cuando el repiquetear del teléfono de la casa los interrumpió. Sonó dos veces, pero no se movieron. Al tercer pitido saltó la contestadora que ella programó meses atrás para no despertar a Dan.

"Hola, preciosa. Soy Patrick. Ya sé que acordé darte tu

espacio, mientras sale el divorcio... Me hace falta hablar contigo. Mañana me paso por tu casa... Ábreme, ¿sí? Te quiero, Didi".

Silencio.

Audrey se sonrojó. «Patrick y su enamoramiento.» Lo adoraba, pero en ese instante se dio cuenta que no tendrían ninguna oportunidad juntos. Con solo ver a Max la idea de estar con otros le parecía absurda, y se lamentaba por ello.

Maximilian la miró furioso. Si pensó en darle tiempo para que se acostumbrara a verlo nuevamente, Patrick le acababa de facilitar el tener que obviar cualquier posibilidad de que ello ocurriese. ¿La llamó *Didi*? ¿Qué derecho se creía que tenía ese gilipollas para decirle de ese modo cariñoso con el que solamente *él* la llamaba?

—Así que no me equivoqué. Patrick Morris. Nada más y nada menos que ese pintor artístico de poca monta que siempre te ha echado los tejos —la acusó apuntándola con el dedo en el hombro haciéndola retroceder con sorpresa por el modo posesivo con que le hablaba—. ¿Quieres que sea ese idiota la imagen paterna de *mi* hijo, de *nuestro* hijo? ¿Eh, Audrey? —casi rugió.

—Deja a Daniel fuera de esto. Te pedí el divorcio porque eres un redomado tonto y te portaste como un canalla —le gritó e intentó darle la bofetada que se merecía.

—Quieta, quieta fierecilla —expresó con un brillo acerado en los ojos—. Admito que fui un estúpido.

Pero no te engañé con otra. Nunca.

Cuando ella iba a protestar le apresó las dos manos y la atrajo hacia él.

—¡Suéltame! Yo tampoco te he engañado…

Él solo la acercó más a su cuerpo, consiguiendo que se quedara sin aliento. Dejó sus labios a pocos milímetros.

—A quien deseo es a ti. A quien mi cuerpo responde con solo evocar su imagen, eres tú. —La soltó, para tomar el rostro entre las manos—. ¿Sientes esto…? —acercó su pelvis a la suya, para que comprobara su nivel de deseo. Se frotó ligeramente contra ella—, ¿lo sientes?

No aguardó a que respondiera y sorteó los centímetros que separaban sus bocas.

Max asaltó los labios exuberantes con pasión y un anhelo guardado durante tanto tiempo. Se perdió en el sabor de su boca. Profundizó el beso recorriendo su suave cavidad, y ella no tardó en responder a sus embates con la misma pasión, soltando un gemido que lo excitó.

Sin perder tiempo la tomó de la cintura, mientras la llevaba a la habitación que dedujo era de ella. Audrey se resistió intentando apartarlo, pero cuando sintió la firme mano de Max sobre sus nalgas, aprisionándola para que su ya húmeda feminidad se frotara por encima de la ropa con el duro miembro masculino, dejó de luchar.

—Me deseas —afirmó ufano, al escucharla gemir entre besos—. Déjate ir, dulzura —susurró ahuecando sus generosos pechos con las manos. No pudo resistirse a apretarlos pezones sobre la fina tela del salto de cama, lo que produjo que ella se moviera contra su palpitante erección.

Era una batalla de voluntades en la que ninguno de los dos perdía.

Él empezó a recorrer con suave presión cada parte del cuerpo de Audrey. Las piernas, las caderas, sus nalgas, la cintura, empezando a ascender sin dejar de besarse con pasión. Poco a poco subió los dedos hasta la base de los prominentes pechos, y gimiendo de placer los tomó con ambas manos. Los levantó ligeramente, acariciándolos, frotándolos, y produciendo que la fricción de la tela de la bata de Audrey contra la piel cremosa de los pechos duplicara la oleada de sensaciones en ella. Los pezones se pusieron más erectos, si eso era posible, mientras su sensual torturador aplicaba su pericia erótica en ellos.

Audrey tenía los brazos alrededor del cuello de Max, aspirando entre suspiros su aroma. «Cuánto había añorado besarse, tocarse el uno al otro...». Recorrió con sus dedos el rostro que parecía esculpido por algún pretencioso dios griego. Jamás había visto un hombre que además de atractivo resultara enternecedor al mismo tiempo. Esa mezcla era su perdición.

Max era su perdición.

Le empezó a desabotonar la camisa y cuando llegó a sentir la piel del torso se inclinó para besarla. Él gimió y continuó frotando su sexo sobre el de Audrey. La fricción era una tortura, porque aun no podían tocarse piel con piel; sexo con sexo.

Audrey, al sentir cómo masajeaba sus pechos henchidos y doloridos de placer quiso morir de gusto. Sus senos eran la parte más sensible, solo necesitaba tocarlos de ese modo... de aquella manera que solo él conocía.

Si le quitaba la ropa, entonces ella...

Como si hubiera escuchado lo que deseaba, Max dejó a media luz la habitación, y poco a poco se deshizo de la bata de Audrey dejándola con la ropa interior de encaje blanco. Parecía una diosa pagana. Su esposa era una mezcla de juegos pirotécnicos con alucinógenos. Única en su tipo. Y solo sería suya.

—Oh, Didi —expresó jadeante cuando se separó unos milímetros de ella y observó los ojos brumosos de deseo y los labios hinchados por sus besos—. Tu cuerpo es perfecto. La maternidad tan solo ha hecho que estés más deseable, más sensual. Me vuelves loco. Siempre ha sido así, cariño.

Haciendo honor a su locura se apresuró a desabrochar con presteza el sujetador. Cuando terminó, dos magníficos montículos, blancos y perfectos, coronados por dos areolas y dos botones deliciosos se dejaron ver. Él se dispuso a disfrutarlos.

Audrey lo tomó de la cabeza para invitarlo a chupar sus pechos. Quería más de Max. Lo deseaba tanto como él a ella.

—Max, ten cuidado —le pidió, cuando él introdujo uno de sus pezones y empezó a lamerlo con glotonería.

Él no la escuchó.

Un orgullo tonto

No necesitaban hablar para entenderse. Así había sido siempre. Eso jamás cambiaría. Max tomó un pecho entre sus labios, mientras masajeaba el otro deleitándose con su peso, la textura, su sabor maravilloso.

—Oh... —pidió con un quejido—. Max, ¿podrías?

Él sonrió complacido, y después de aplicar la misma caricia al otro pecho pasó un dedo sobre la húmeda tela de las bragas presionando el dedo del corazón y luego girándolo en círculos. Audrey emitió un sonido inarticulado.

—Lo sé, mi amor, lo sé —le dijo cuando ella mordió el lóbulo de su oreja. Era el modo en que le decía que estaba llegando al límite. Y él también lo estaba, desde el momento en que ella abrió la condenada puerta de la casa y la vio tan magnífica después de casi veinticuatro meses de soñarla y desearla. El tiempo tan solo había mejorado su fantasía, y ahora quería satisfacer el deseo que lo consumía todas las noches que había pasado sin ella.

Ambos se terminaron de desnudar, entre besos, ligeros mordiscos eróticos, gemidos de pasión y caricias que abrasaban cada rincón de sus cuerpos. Se contemplaron jadeantes. Admirados de la sensualidad que exudaban. Era como si entre los dos pudieran caldear una habitación con el descarnado anhelo físico que se profesaban. Audrey sintió que su sexo estaba más húmedo que nunca.

El cuerpo atlético masculino era magnífico, y la prueba de que estaba ávido de ella se elevaba como una legendaria espada *claymor*: fuerte, firme y erguida;

dispuesta a introducirse en ella. Max creía que en cualquier momento iba a estallar al tenerla frente a él tan cerca, tan suya. Contempló cada una de las curvas de Audrey. Estaba magnífica, jadeante, sonrosada y excitada. Esa imagen la atesoraría un largo tiempo.

—Eres un espectáculo para mis sentidos, Audrey. He pasado demasiado tiempo sin ti —la tomó de la mano y la miró. Se inclinó y chupó su pezón izquierdo. Ella gimió, pero le devolvió el favor acariciando con suavidad su glande—. Me torturas. Quiero decirte, antes de que...

—Shhh —le puso los dedos en los labios–, Max, no lo arruines. —Él iba a protestar, pero se ella adelantó—: Déjalo estar, por favor, déjalo estar por ahora. ¿De acuerdo? Solo disfrutemos esto.

Él respondió mordiéndole los dedos que impedían articularlas palabras que intentaba pronunciar en ese instante, pero pretendía de todas maneras pronunciarlas, después. Procurando que la vorágine de pasión que los envolvía se estabilizara, y para disfrutarla con más detenimiento respiró profundamente. Al parecer ella entendió lo que pretendía y deslizó con tortuosa lentitud la yema de los dedos por sus pectorales y luego con sus uñas.

—Dos años es una condena, Didi. —Elevó la mano e imitó la caricia de su esposa. Solamente que a su favor tenía dos magníficos pechos que pedían a gritos ser venerados con dedicación. Él no los decepcionó; se detuvo haciendo círculos desde el nacimiento de los senos, hasta las erectas puntas que aprisionó entre el índice y el dedo del corazón.

Audrey gritó extasiada, pero no dejó de descender sus manos palpando cada músculo del abdomen, cada centímetro de ese dorso esculpido en granito y la hilera de músculos de la espalda, ni tampoco dejó de lado el recio trasero masculino. Quería cerrar los ojos para disfrutar, pero era mucho más estimulante y erótico mirarse a los ojos al acariciarse de ese modo.

Se detuvo cerca de la ingle, jugando con la anticipación que él sentiría.

—Me estás torturando, Audrey —clamó frotando con erotismo los pechos femeninos. Se agachó de pronto y los lamió con rapidez. Ella los alejó de su boca, para inclinarse y besarle el hombro, logrando —sin proponérselo— que sus senos se bambolearan sensualmente. Max no pudo evitar seguir el movimiento, hipnotizado.

—Torturarte es exactamente la idea —confesó ella con picardía y segura de su sensualidad. Antes de que él volviera a hablar, lo tomó de improviso con las dos manos y Max tuvo que cerrar los ojos para disfrutar de las caricias sobre su virilidad.

Max dejó descansar los saciados pechos femeninos, y a cambio aprisionó a su mujer de la cintura. Audrey colocó la mano derecha sobre la base de la erección, y con la izquierda acarició los muslos enviándole así descargas de placer a Max por partida doble. Luego inició una suave fricción de abajo hacia arriba rodeando la punta del portentoso miembro; al sentir una gota ligera que se escapaba de la envoltura de acero y seda, la tomó para lubricarlo.

Él abrió los ojos y la pilló sonriendo al llevarse el

dedo, que había capturado la sutil muestra almizclada de su sexo, a la boca; lamiéndolo y chupándolo.

Sin darle tiempo a que Max reaccionara y la torturara también a ella, retomó su atención hacia el sexo de su esposo y empezó a masturbarlo rítmicamente. Bajar, subir; bajar más, subir menos; bajar, subir; bajar más, subir menos, hasta que Max sintió que se ahogaba de placer. La otra mano de Audrey continuaba haciendo su trabajo en la piel algo áspera, pero exquisitamente erógena de Maximilian que apretaba los dientes intentando no llegar al final en las manos suaves que lo acariciaban.

—Brujita —gruñó besándola, luego la tomó de las manos, colocándoselas detrás de la espalda, para que dejaran de tocarlo de tan enloquecedor modo.

Ella se rio, porque era lo que él solía hacer cuando empezaba a perder el control.

Con la mano libre, Max descendió hasta el monte de venus, que estaba hinchado y empapado. Fijando la mirada hasta observar cómo el color azul de los ojos de Audrey cambiaban de tonalidad para volverse del color de un topacio, muy oscuro, introdujo un dedo en el dulce centro, lo hizo girar, lo hundió de nuevo, profundamente, y lo sacó. Luego penetró el delicioso paraíso con dos dedos, y prodigó toques incendiarios, círculos, simples toques, círculos, toques fuertes, penetrando y lubricando.

—Mmm quiero saborearte con mi boca...

—Oh, por favor... —Ella quería fundirse con él, no quería su boca, quería tenerlo dentro suyo—. La cama, Max.

Un orgullo tonto

Con apremio la depositó sobre el colchón. Ya no podía contenerse, al igual que ella, e intentar hacerlo despacio era imposible en ese instante cuando los sentidos de ambos estaban embotados de pasión, erotismo y necesidad del otro.

Besándola con desenfreno se hizo espacio con sus rodillas entre las piernas de Audrey. Se sentía como un náufrago al ver después de mucho tiempo un vaso de agua fresca. Así era la sed que sentía por ella.

Enmarcó el hermoso rostro arrebolado y jadeante de su esposa entre las manos, mirándola para que supiera quién iba a hacerle el amor en ese instante, quién la poseía, quién la amaba. Ella enroscó sus largas y sedosas piernas en su cintura, dándole la bienvenida, y con un solo impulso él se deslizó en su interior, arrancándole un jadeo a la curvilínea mujer que tenía debajo de su cuerpo.

Con movimientos acompasados, en una danza sexual perfecta, iniciaron poco a poco una frenética cadencia en la que sus cuerpos chocaban y se disfrutaban después de una larga ausencia. Besándose y poseyéndose juntos estallaron en un grito de éxtasis cuando se lanzaron a un abismo donde solo el placer en su máxima expresión era posible. Después de derramarse dentro de Audrey, los últimos espasmos del cálido guante femenino continuaron palpitando alrededor de su portentoso sexo.

CAPÍTULO 4

—Dios... Ha sido impresionante —expresó conmovido por lo que acaba de ocurrir entre ambos—. Tú y yo juntos somos fabulosos juntos, Didi. —Se incorporó para dejar de apresarla con su peso que había dejado caer sobre el curvilíneo cuerpo femenino, cuando alcanzaron el orgasmo. Aspiró antes el aroma inconfundible del cabello de oro, y la atrajo hacia él para abrazarla.

Audrey intentó secarse una lágrima rápidamente, pero no consiguió que él no lo notara. Hacer el amor con Max siempre era explosivo, tierno, incontenible, sensual y arrollador a la vez. Se sintió perdida, porque sabía que no podría compartir algo así con nadie. Ella tenía sentimientos por él, que no estaban del todo claros ahora; a ratos sí, a ratos no; pero sabía que para Max era solo un tema físico y ella necesitaba muchísimo más, y Daniel también. Eran un pack.

Un orgullo tonto

—¿Qué sucede? —le acarició el rostro—. ¿He sido muy brusco? —preguntó preocupado.

Ella se limitó a mirarlo con los ojos húmedos.

—Ha sido perfecto, Max. —Acomodó la cabeza sobre su hombro.

—¿Te sientes culpable?

—No —respondió. Fue honesta—: Solo un poco confundida.

Él le acarició los cabellos mirándola con arrobo.

—Audrey esto no ha sido solo sexo —sus palabras fueron tan dulces como firmes. Quería que ella lo tuviese muy claro—. Estamos casados y hay más que pasión. Lo sabes muy bien. No se trata del tiempo sin estar juntos, nuestro vínculo es innegable. Profundo.

Ella quería creerle, pero no era cuestión de cómo les iba en la cama. Los corazones rotos no se curaban de ese modo, al menos no cuando estaban heridos del modo en que estaba el suyo.

—Max, no me arrepiento de lo que acaba de suceder entre nosotros hace un momento. Ha sido...

—Fabuloso —completó y le acarició la mejilla con ternura.

A ella, el corazón se le aceleró.

—Sí, fabuloso —sonrió con tristeza—, pero para mí no es suficiente. No voy a detener la demanda de divorcio. —Él lo lamentó y maldijo mentalmente—. Mi confianza en ti está resquebrajada. No tengo las mismas certezas sobre nosotros como antes. No sé cuándo escucharás o verás algo que interpretes a tu manera, y luego me lo eches en cara sin darme la oportunidad de explicarme y aclararnos. Mira dónde nos encontramos. Separados durante casi dos años porque fuiste obstinado y orgulloso —suspiró, mientras ella escuchaba con atención y con el corazón en un puño, porque cada instante era más consciente del daño que había ocasionado a ambos, y a su hijo—. No voy a permitir que jamás, nadie, me vuelva a tratar como lo hiciste aquella vez, Max. Jamás.

—Lamento profundamente todo el dolor que nos he causado. Por eso estoy aquí. Lo que ha pasado hace unos segundos es una muestra de que la conexión entre los dos no se ha terminado. Sigue viva como si jamás nos hubiésemos separado.

—Yo...

—¡Estoy aquí! ¡He dejado todo por ti! —exclamó sin poder contenerse.

Ella se enfadó e intentó alejarse de su lado, pero él la retuvo con firmeza.

—¡Es lo menos que pudiste hacer! —replicó clavándole un dedo sobre la firme piel de sus pectorales—. Y además tarde…

Max no quería un revolcón de una noche. La quería de vuelta para siempre. La coraza emocional que Audrey mantenía no iba a diluirse tan fácil, pero al menos contaba con la ventaja de que físicamente creaban magia juntos, y él pretendía aprovecharla.

—Quiero que me escuches. Sé que no es el mejor momento, pero quizá es el único que tenemos.

—Una cosa es que tengamos sexo y otra que, como matrimonio, tengamos esperanza.

—Se llama hacer el amor, Audrey —dijo con un gruñido. No le gustaba que ella denigrara de ese modo lo que acababa de ocurrir—. Ambos somos adultos y tenemos que actuar como tales. Ya no estamos solo los dos, tenemos un hijo en quien pensar.

—No me presiones… —pidió casi con un susurro, porque sentía las hormonas alborotadas y sus pensamientos que iban a mil intentando procesar lo que había ocurrido en las últimas dos horas.

Él suspiró.

—Creía que la del optimismo eras tú. —Elevó el rostro de Audrey hacia él para que sus miradas hicieran contacto.

—La optimista se volvió realista.

—De acuerdo, Didi. Realista, entonces —concedió—. ¿Vas a escucharme ahora?

Ella permaneció en silencio. Si le negaba la oportunidad de hablar se estaría convirtiendo en el Maximilian irracional que la sacó de su vida dos años atrás. Necesitaba despejar una duda importante.

—Antes quiero hacerte una pregunta. —Él asintió—. ¿Por qué quieres seguir casado conmigo?

«Le iba a tener que resumir en dos malditas palabras el discurso de cinco minutos que tenía preparado en la cabeza.» Si ella se mofaba de su confesión, como él hizo cuando la vio con Stuart, no podría reprochárselo. Sin embargo, mantenía la expectativa de que Audrey le creyera.

—¿Quieres un argumento simple o el más complejo? —tanteó el terreno.

Los discursos sentimentales no eran lo suyo, pero esa mujer se lo merecía. Lo merecía todo de él, hasta que aceptara que estaba dispuesto a hacer cualquier cosa por tenerla de vuelta.

Ella se rio. «Max, el abogado.»

—El que sientas que es adecuado y sincero.

Él quiso besarla, porque cuando reía, veía a la muchacha juguetona y jovial de quien se enamoró por primera vez, años atrás. Quería verla sonreír... con él.

—Te amo. —Ella contuvo el aliento. Hacía tanto tiempo que no escuchaba esas palabras de Max, que casi le sonaban extrañas—. Es la respuesta simple y sincera. Me arrepiento cada día, cada segundo, del modo en que te lastimé. Antes de venir lo llamé a Stuart —recibió una expresión de extrañeza de ella—, le pedí disculpas.

—¿Tú? —preguntó sorprendida con un cariz irónico. Sabía que Maximilian no tenía como fortaleza disculparse y entendía el esfuerzo que debió representarle ir ante el amigo que injurió y golpeó con el fin de pedirle disculpas.

—Digamos que últimamente mi orgullo ha sido demasiado tonto y me está pasando factura. Intento enmendarme —sonrió.

—Lo que hace un par de años en la vida de alguien —intentó bromear.

—Le pueden causar locura o propósito de enmienda a un hombre —no resistió pasar los dedos entre el sedoso cabello que parecía hecho con hilos de oro—. Unos meses después de que te fueras contraté un investigador —comentó de pronto.

Lo miró con reproche, aunque ella ya lo sabía. Aquel punto lo dejaría para otra ocasión. Había esperado demasiado por una explicación, y quería escucharla.

—Continúa…

—Me estaba enloqueciendo, porque muy dentro sabía que me había equivocado, y el que me lo confirmaran fue un golpe aun más duro. Debí estar ahí para protegerte, pero me dediqué a insultarte. No confié en ti y será muy difícil que logre reconciliarme conmigo mismo por ello. Si algo te hubiera pasado, yo... —se aclaró la garganta—. Por eso le agradecí a Stuart, por haber estado donde yo debí estar…

—¿Y también le dijiste un par de palabras por llevar mi demanda de divorcio, verdad? —preguntó con una sonrisa, que él devolvió.

—Eh…, sí.

Audrey se echó una carcajada. El peso que tenía Max en el corazón se disolvió poco a poco.

—Max, lo que me ocurrió fue algo que hubieras podido prever —entendió el ego, y la tortura mental que tenía el hombre que estaba acurrucándola—. Estuve en el lugar equivocado en el momento erróneo.

Max la apretó contra su cuerpo desnudo, y besó la frente de Audrey.

—De todas maneras no puedo evitar estremecerme al recordar lo que pudo ocurrir…

Sentía cómo los dedos de Max acariciaran su espalda con suavidad.

—Con la terapia psicológica que hice he podido dejar atrás el episodio del metro. No pasó a mayores y es algo por lo que estoy agradecida, pero no quiero volver a hablar de ello. Hay algo que sí te diré. Después de ti, no ha habido nadie y no te lo digo para que te regodees —el abogado asintió sin pretensiones—, sino porque quiero que sepas que era cuestión de tiempo nada más hasta que decidiera reconstruir mi vida sentimental.

Él gruñó algo por lo bajo sobre lo estúpido que podían ser algunos hombres. No le hacía gracia que ella hubiera pensado en virar la página.

—Dulzura —pidió con un tono arrepentido y esperanzado—, déjame ganar el derecho a tus disculpas. Sé que si te las pido ahora sería presionarte demasiado, y condicionarte. Ha sido una noche intensa y yo solo quiero la oportunidad para enmendarme e intentar salvar nuestro matrimonio.

Audrey dejó descansar su mano sobre el lado del corazón en el pecho de Max.

—No he recuperado esa confianza que necesito para tener una relación afectiva... y en nuestro caso, para creer en ti. Lo que acabamos de hacer...

—Se llama hacer el amor —interrumpió tajantemente. No iba a dejar que ella le diese otro nombre—. Sé que tú sientes algo por mí, los sentimientos están ahí. Te conozco, no te habrías entregado a mí si en tu corazón no existiera todavía algo importante.

—Aun es demasiado pronto como para tener claro qué tipo de sentimientos exactamente tengo hacia ti ahora… —suspiró inquieta—. Necesito tiempo para saber con claridad si puedo confiar en ti. Hemos pasado por muchas cosas juntos, pero lo que acaba de ocurrir no resuelve la posición en que se encuentra nuestro matrimonio.

—¿Y me has dejado hacerte el amor y no confías en mí? —preguntó con desconcierto.

—No te pongas en el plano de si te he dejado o no seducirme. Me parece una posición ridícula. Fue algo que ocurrió porque ambos lo quisimos de un modo u otro. Físicamente sé que nunca me dañarías por más enfadado que estuvieses.

—Entonces confías.

—Solo hasta ahí…

Él suspiró y se tumbó de espaldas poniendo distancia entre ambos.

Audrey se sintió perdida. Cuando intentaba dejar de lado sus miedos para hablar directamente, entonces él se alejaba.

—¿Aceptas que puedes darme una oportunidad? —preguntó de pronto con la respiración controlada.

—Max, déjame pensarlo unos días.

El silencio se prolongó un par de minutos, hasta que él habló de nuevo:

—De acuerdo. No hay problema. —Dejó escapar un largo suspiro cansino—. No hay problema —repitió—, yo puedo lidiar con ello. Tiempo. Necesitas tiempo. Vale…

—¿Qué? —Se incorporó hasta quedar sentada de rodillas en el suave colchón. Tomó la sábana y la acomodó debajo de los brazos para cubrirse. Si acaso diciéndole que necesitaba tiempo lo hería, pues qué pena.

Él no respondió, se irguió, y salió de la cama.

Audrey lo observó recoger su ropa de espaldas a ella.

—Me acojo a tu necesidad de tener tiempo para decidir si quieres darme una oportunidad— respondió Max, aun sin mirarla, poniéndose el bóxer. «Tengo que salir de aquí, porque de lo contrario intentaría seducirla de nuevo para que me dijera lo que quiero escuchar y no sería justo.»

—¿Esa es tu estrategia, fingirte ofendido y resignado porque no consigues la respuesta que esperas en el momento que la quieres? —preguntó resentida sin evitarlo.

Él se giró abruptamente y clavó sus ojos en ella.

—No me has comprendido. —«Definitivamente la comunicación no estaba funcionando», pensó él. Se arrodilló junto a Audrey en la cama y cerró sus manos con firmeza sobre los hombros de su esposa—. ¿Quieres confianza? Vas a volver a confiar en mí. ¿Tienes dudas? Pues dejarás de tenerlas y te prometo que no solo mi hijo va a tener a su padre, sino que tú volverás a estar tan enamorada de mí, como maldita sea yo lo sigo estando de ti —declaró con voz grave.

Se inclinó hacia ella tomándola por sorpresa y la besó profundamente.

Después de un largo rato la soltó con la respiración agitada. Max dirigió su atención a la ropa esparcida por el suelo. Empezó a recoger sus prendas y con movimientos ágiles y se terminó de vestir.

—Oh…

—No me voy porque no consiguiese lo que quería. De hecho, lo he obtenido. Quería verte de nuevo. Seducirte estaba en mis planes, pero mi prioridad era verte y pedirte que no nos divorciáramos. Me dices que no estás lista. Me vale con eso por ahora, y te daré el tiempo que quieres. —Audrey lo observaba con ojos sorprendidos—. Si me quedo aquí, no solo voy a hacerte el amor de nuevo, si no que tú cederás y me odiarás mañana y tu resentimiento entonces será infranqueable. Tómate unos días, pero no demasiados, Didi —lo último sonó como una advertencia.

—Max… —dijo al aire cuando él cerró la puerta tras de sí.

Audrey se quedó con la respiración agitada. Una mezcla de ansiedad y preocupación se apoderó de ella.

«No habían usado protección.»

***

Al llegar al hotel, Max se metió en la bañera.

El agua caliente empezó a desanudar las partes de su cuerpo que estaban en tensión. La quietud y el silencio le permitían reflexionar sobre lo que había ocurrido en las últimas horas. Claro que seducir a Audrey fue su intención, pero creía que su fuerza de voluntad era más fuerte; no con su esposa al parecer, aquello era tiempo perdido. Y agradecía el hecho de que al menos esa parte de su reencuentro hubiese salido casi perfecta. El resto iba a tomarle esfuerzo, pero él no se amilanaba ante los retos; si el premio era tener a Audrey y Daniel a su lado, nada más le importaba.

Aunque ella le pidió tiempo, nunca le mencionó si eso implicaba no verlo. Así que tenía toda la intención de convertirse prácticamente en su sombra hasta que se convenciera de que estar juntos de nuevo era la mejor opción.

Los días en la oficina de Belfast tampoco presentaban un panorama sencillo. Los casos que llevaban sus abogados implicaban muchas horas de reuniones con clientes, y también dejar de lado temas personales. Sin embargo, en su mente siempre estaba su familia y lo mucho que la necesitaba a su lado.

A la mañana siguiente tenía pensado ir a visitar a sus suegros, y procurar suavizar cualquier comentario que Audrey pudiera haberles dicho. Aunque ella no era por naturaleza vengativa, sus padres no consentirían que se acercase después de cómo la había tratado. Él había llevado una relación inmejorable con Rebecca y Matt, y esperaba retomarla. O al menos lo intentaría.

Se desnudó para dormir, con el cuerpo exhausto y una sonrisa de satisfacción masculina por la deliciosa noche con su mujer.

Iba a deslizar hacia atrás la sábana de la cama king-size cuando llamaron a la puerta. Rápidamente se puso un bóxer. Que él recordase no había pedido servicio de habitaciones.

Fue caminando hacia el pasillo y luego encendió la

luz de la sala interna de la suite.

Se quedó estático.

—Max. Necesito tu ayuda —murmuró la mujer que tenía ante él.

Tardó un rato en reaccionar, hasta que se habituó a la figura conocida. Llevaba el maquillaje corrido, los ojos llorosos y se mordía constantemente el labio con nerviosismo.

—Alexia, cariño, ¿qué sucede? —preguntó con calidez cuando la vio preocupada.

Ella dudó un momento mirándolo a los ojos, y luego entró sin esperar que la invitasen. El sonido de sus tacones se amortiguó al pisar la alfombra gris que recubría la estancia. Había dado su identificación en el vestíbulo, y el recepcionista al reconocer su apellido, no dudó en decirle en dónde se encontraba hospedado Maximilian.

—Oh, Max… —se quejó al tiempo que se adentraba en la habitación. Él tuvo el buen tino de no hacer preguntas, a cambio cerró la puerta. Ella se desmoronó en uno de los asientos de la salita. Alexia lo miró con suficiencia—: Me dijiste que si en algún momento necesitaba de tu ayuda podría recurrir a ti —sorbió—. Pues bien, ahora mismo me es preciso que me eches la mano.

Él le pasó un pañuelo de papel. Alexia intentó limpiarse el maquillaje, pero solo consiguió esparcírselo de modo desigual por su cutis lozano.

—Me tomas por sorpresa, la verdad, Alex. No sé en qué estás metida, pero ahora mismo estoy arreglando unos asuntos personales…

Ella dio un golpe suave con su mano de uñas pulcramente pintadas de laca turquesa sobre el brazo de la silla.

—¡Yo también soy tu asunto personal! —exclamó—. A menos que me hayas estado mintiendo todo este tiempo y me trataras bien solo para acallar la conciencia.

Aunque debería haberle puesto un freno a la reacción desmedida de la guapísima morena, no lo hizo. Ya la conocía y tendría que dejar que se le pasara lo que fuera que le estaba ocurriendo para poder llegar a una conversación.

—Lo eres —replicó conteniendo su genio—. Ahora mismo estás especialmente quisquillosa, y yo no he tenido el mejor día de todos... Salvo por un detalle hace un par de horas —con una sonrisa se acercó a ella y la rodeó con los brazos. Alexia era una parte importante de su vida y lo conectaba con su pasado, un pasado del que Audrey no sabía —. Si te calmas podemos conversar con tranquilidad. ¿Está bien?

—Si..., sí —cedió hipando de forma poco elegante, pero a ella no le importaba.

Él se inclinó y le dio un beso en la frente.

—Buena chica. Controla un poco tu temperamento, porque de otro modo no vamos a entendernos —aunque lo dijo en tono relajado, Alexia sabía que se estaba pasando de la raya, así que permaneció en silencio–. Te traeré algo del mini-bar, porque tengo la ligera sospecha de que vas a pasar aquí toda la noche. ¿Verdad?

Los labios carnosos se elevaron en la primera sonrisa desde que cruzara la habitación del séptimo piso del hotel.

—Sí.

CAPÍTULO 5

A la mañana siguiente, Audrey despertó con dolores en algunas partes del cuerpo en donde hacía mucho tiempo no había estado nadie. Con una rapidez, que habitualmente no tenía los fines de semana, su mente se aclaró.

Las imágenes con Max llegaron de golpe provocándole un calor especial en determinada zona entre sus muslos. Con un gemido entre frustración y resignación enterró la cabeza en las almohadas, que aun olían a él.

Dándole un manotazo al suave colchón se incorporó. Al darse cuenta de la hora, se preocupó. Las 09h00. Se había quedado dormida. «¡Daniel!»

Inquieta, fue presurosa hasta la habitación del bebé.

Cuando vio a la niñera que lo aupaba y mecía entre brazos, sonrió aliviada. Mary tenía mucho tiempo trabajando para su familia y Audrey le había dejado la llave de la casa para que entrase si acaso ella no alcanzaba a escuchar la puerta.

—Buenos días, querida —saludó con alegría—. Dan se ha portado muy bien esta mañana. ¿Verdad, preciosidad? —preguntó al bebé que mostró sus encías rosaditas y los dientecitos.

—Hola, Mary —se acercó a la niñera y le dio un beso.

Era casi parte de la familia y su madre se había negado a aceptar que contratara a alguien distinta. No se opuso a la idea de Rebecca, pues Mary fue su nana también.

—El día está hermoso. Finalmente se ha despejado el cielo. Vaya lluvia la de anoche.

Audrey asintió y luego tomó a su hijo en brazos y lo acurrucó.

—Lo siento, pequeño, hoy mamá se quedó dormida —le dio un beso en las mejillas regordetas.

—¿Cómo está Maximilian? —preguntó con tono dulce, Mary.

Audrey la quedó mirando. Su nana sabía muy bien que Patrick era con quien solía verse o quien visitaba la casa en ocasiones. No tenía idea de dónde sacaba que Max había estado por ahí, y que ella supiera no había dejado ningún vestigio. La única huella estaba en su cuerpo y su mente.

—No lo sé —respondió—. ¿Por qué lo preguntas? —fingió no comprenderlo.

Mary se echó a reír. Había criado a esa niña y tenía muchos años de vida encima.

—¡Oh, vamos, Audrey, no seas mojigata! —continuó, quitándole a Dan para cambiar el pañal—. ¿Acaso crees que no te conozco? Además, entraste con una sonrisa de satisfacción que una vieja como yo sabe interpretar muy bien —acomodó a Daniel en la cuna, y la miró—, si contemplamos que tienes un par de marcas rosáceas en el cuello, podemos sumar dos más dos —dijo con ternura, cuando una ingenua Audrey se delató tocándose el cuello en donde, por supuesto, no tenía marca alguna. A Mary siempre le había gustado tomarle el pelo, y la quería como a su propia hija—. Así que es cierto —expresó con una amplia sonrisa al terminar de ajustar el pañal.

—¡Mary! —exclamó al darse cuenta de la trampa—. Eres imposible —sonrió con cariño—. Tengo que irme a la florería un rato. No te imaginas la cantidad de pedidos que están llegando, y además le estoy pagando tiempo extra a mi equipo por ser fin de semana. —Se acercó a su hijo y lo besó para despedirse, no sin antes aspirar ese delicioso olor a bebé, tan único—. ¿Cuidas a mi hijo un par de horas extras?

—Sin duda.

—¿Cómo supiste…?

La nana no tuvo que preguntar a qué se refería.

—Audrey. Sé que fue él, porque te conozco. Ese brillo solo lo produce el efecto de estar enamorada. Hazte un favor, y ve con cuidado con Max. No quiero verte sufrir de nuevo.

«Ni yo tampoco», pensó. Mary había sido un gran apoyo y la conocía muy bien.

Un orgullo tonto

—Lo sé, gracias, Mary —replicó.

Le dedicó una mirada de cariño a su nana y luego fue a cambiarse para salir.

Belfast era una ciudad tranquila, agradable, y sin demasiada contaminación. Seguramente porque tenía cerca el mar que, en combinación con el viento, se llevaba la suciedad del smog y diluía el ruido. Audrey adoraba su ciudad. Aunque había vivido gran parte en Londres en Belfast tenía sus raíces.

Le gustaba la idea de irse de paseo, perderse en las calles, quedarse en el muelle o simplemente estar sentada en la última mesa de un tradicional pub irlandés bebiendo una cerveza guinness.

Sentía que su ciudad tenía cierto encanto especial, como si la magia estuviera impregnada en cada esquina, montaña y pieza histórica.

Sus padres eran exportadores e importadores comerciales, muy acaudalados, y precisamente por eso había decidido irse a vivir a Londres años atrás. Quiso abrirse paso como diseñadora de jardines e interiores, por su cuenta; labrarse un nombre por su esfuerzo, porque eso le resultaba más atractivo que vivir bajo el auspicio de su familia.

Amaba decorar, pero sobre todo, amaba las flores. Le encantaba el color, la textura y variedad. Por eso intentó abrir su propio negocio en un área de Londres muy concurrida, cerca de Oxford Street, pero las cosas no resultaron en un inicio y perdió una cantidad importante de su capital.

De esa experiencia aprendió mucho en tema de negocios. Decidió hacer una pausa y aceptó un trabajo en una galería para ahorrar dinero y hacer una próxima jugada empresarial. Le encantaba aquel empleo, porque además de hacer gestiones de relaciones públicas para los expositores, también le permitían disponer de la decoración a su gusto y con eso se entretenía, aunque no dejaba de lado su objetivo de tener su propio negocio.

Cuando todo empezaba a encajar y estaba lista para pedir el préstamo bancario con algunas garantías de por medio sucedió el mal entendido con Max. Se felicitaba porque no aceptó nunca su dinero para empezar su empresa.

Al dejar a Max volvió a Irlanda y le comentó la idea de poner una florería a sus padres. Ambos se mostraron encantados e insistieron en prestarle el capital para que los intereses bancarios no disminuyesen sus márgenes de ingresos a lo mínimo. Ella se negó al principio, pero ellos insistieron mostrándose resentidos por su rechazo. Así que terminó aceptando el préstamo. El negocio iba tan bien que su deuda la pagó en poco tiempo. Ahora podía decir con satisfacción que el negocio era suyo y libre de deudas.

La florería *Clovertown* era su refugio. Un lugar al que llegar y sentirlo como su segundo hogar. Todo estaba dispuesto con una decoración *vintage*. En una esquina un par de adornos celtas hacían presencia para darle un toque muy de su tierra, algo que a los visitantes y nativos les encantaba.

El fin de semana pasó pronto sin tener noticias de Max. No era que lo echara de menos. Ella se preguntaba si acaso toda aquella declaración de intenciones no habrían sido meros intentos para no dañar su reputación de abogado de familia sólida que no creía en el divorcio.

Conocía el círculo social en el que se desarrollaba la carrera de su esposo y solían ser bastante hipócritas con respecto a sus matrimonios. Muchos tenían affaires y otros eran inclusive crueles con sus esposas, pero no se divorciaban para mantener las apariencias. Algunas de las mujeres que conocía, que eran esposas de los colegas de Max, tenían influencias importantes.

¿Acaso él también intentaba salvaguardarlas apariencias con ella y por eso estaba ahí, aun a pesar del tiempo transcurrido? La presión social no tenía tiempo ni espacio y ocurría cuando los "líderes" encargados de establecer las tendencias lo dictaban.

Por ahora tendría que lidiar con la idea de ver a Max de nuevo y también decidir con respecto a su matrimonio. Además estaba Patrick, que había postergado reunirse con ella debido a una junta extracurricular con uno de sus patrocinadores. Tenía esos dos asuntos importantes por definir.

Ahora, desde el ventanal de *Clovertown*, podía ver la calle principal del casco comercial de Belfast. Los alrededores empezaban a tener movimiento poco a poco. Abril era un mes con mucho trabajo.

Se sentía afortunada de tener una cartera de clientes muy buena. La mayor parte de ellos la referían con otros. Su tienda solía estar llena y la agenda copada de pedidos. Pero ese mes era particularmente alto. Uno de esos pedidos era la entrega urgente de arreglos para un cliente al parecer muy exigente.

Su asistente, Francesca McTavish, le explicó que necesitaban las flores más exóticas que pudiera conseguir, sin importar cuán caras fueran ni de dónde se las consiguiera. Inclusive habían recibido un abono del ochenta por ciento del monto total por concepto de anticipo. Para ese pedido decidió importar orquídeas de Hawái. Serían adornos preciosos. La importación iba a salir onerosa, pero el valor que cobraba podía afrontarlo.

De acuerdo a las indicaciones de la clienta se necesitaba el encargo para una celebración por todo lo alto, pocas personas, discreta e íntima. Su imaginación voló diseñando los *bouquets*; pues con bastante facilidad solía entender lo que necesitaban sus clientes. Le divertía su trabajo. Y se sentía afortunada porque sabía que muy pocas personas podían decir eso.

Aquella mañana desayunó unos cruasanes, pero no alcanzó a preparar su té habitual. Así que mientras ponía a punto la caja registradora del negocio, alistó la tetera en la pequeña cafetería improvisada de la trastienda.

—¡Francie! Te dije que hoy me encargaría de todo —expresó con una sonrisa al ver a su asistente concentrada cortando un par de palillos de madera para hacer una base—. Apenas hemos iniciado la jornada hoy, además, trabajaste ayer domingo y creo que hasta muy tarde. Así que deja eso y vete a tomar un café para que estés bien despierta.

Un orgullo tonto

Audrey aspiró el olor de las flores de jazmín que eran las primeras con las que se topaba cada mañana. Le encantaba el aroma tan suave y relajante.

—¡Jefa! —dijo la muchacha en broma—. Ya sabes que el pedido lo hicieron hace dos semanas y tenemos que tener todo listo para el jueves. Además me pagas bien las horas extras —tomó un puñado de restos de las flores que tenía entre manos y los echó al cesto de basura—. ¿Quién será la mujer afortunada de disfrutar de todo esto?

Audrey sonrió, mientras acomodaba en la vitrina lateral unos inciensos.

—¿Cómo sabes que es una mujer a quien va dirigido? —interrogó. Sabía que a Francesca le gustaba parlotear.

La chica se encogió de hombros y dejó la cinta celeste con la que estaba ajustando los tallos de las quince rosas blancas.

—Fue la secretaria de Eugene Bradford, el dueño de la cadena de juguetes. —Audrey asintió. Conocía a ese cliente. Uno de sus más leales compradores—. Era medio mandona, y me dijo que el señor Bradford iba a pedirle matrimonio a su prometida ante seis personas y sus más íntimos amigos —cortó otra cinta celeste con presteza mientras hablaba—. Oh y exigió que quería lo mejor y pagaría lo que fuera, pero tú tenías que trabajarlo.

No era una petición que le era ajena a Audrey, sus clientes solían pedir que ella personalmente se encargara del diseño y los hiciera realidad con sus manos.

—Me encantan las celebraciones —expresó Audrey y compartió una sonrisa con Francie—. ¿Crees que terminaremos los quince *bouquets* que nos faltan a tiempo? Melanie y Vania han dicho que no alcanzan a venir hoy, porque tienen el evento en la galería…

—Sin duda.

—Menos mal nuestro proveedor de Amsterdam nos envió los tulipanes a tiempo. Date una vuelta por la *Galería Belfast Exposed*, ¿de acuerdo? —Francie, como le decían a Francesca de cariño, asintió—. Confío en las chicas, pero tú tienes más experiencia ahora y sabes cómo me gusta que quede mi trabajo. —Le dio una palmadita sobre el hombro con afecto.

Con tan solo veinte años, ocho menos que ella, Francie tenía el potencial de una excelente negociante y hábil empresaria. Contratarla había sido un acierto.

—Gracias por tu confianza.

—Es la verdad. Ahora por favor pásame esas tijeras para ayudarte con los *bouquets* restantes.

El tiempo pasó rápido, pero no lo suficiente como para que Audrey no se preguntara de tanto en tanto dónde habría pasado la noche Max. Quizá habría estado con alguna amante que calentara lo que le quedaba de la madrugada. ¿Sería posible? «Mejor preguntarse si acaso sería posible que dejara de cuestionarse estupideces.»

Estuvo ocupada el resto del día reuniéndose con algunas *wedding planners* que necesitaban de sus flores. Almorzó con Theodore Mockers, el dueño de un restaurante de moda y amigo de sus padres, quien era además su padrino de bautizo.

Cuando Francesca volvió de la galería, Audrey decidió ir a supervisar en persona que todo estuviese en orden. Se topó con las chismosas de su círculo social.

—¡Audrey Bloomberg! —exclamó Catriona McDonald. Rubia como el sol, peligrosa como una serpiente de coral y venenosa como un escorpión. Se acercó moviendo sus curvas cuidadas con esmero… del cirujano—. Sabía que estabas en la ciudad, pero nos ha sido imposible coincidir —sonrió con superficialidad cuando se saludaron con un abrazo igual de falso—. Johnny, nos ha pedido que seamos las anfitrionas y por eso estamos tan temprano. ¿A qué debemos el honor de encontrarte aquí? ¡Es maravilloso verte!

Audrey contuvo las ganas de girar y salir corriendo, porque sabía que empezarían a hacerle preguntas incómodas sobre Max.

—Catriona —sonrió—, qué encanto verte. He estado ocupada desde que volví a Belfast. Trabajo, ya sabes.

—¿Con el negocio de las flores? —preguntó la mujer con tono condescendiente.

—Bueno, ya sabes que a algunas personas nos gusta que nos reconozcan por algo más que una cara bonita. —Catriona hizo una mueca ante el insulto y Audrey fingió no darse cuenta cuando dedicó la atención hacia su otra "amiga" —: Hola, Jasmine.

Jasmine tenía curvas más suaves, labios fruncidos y melena negra, corta. No tan peligrosa como

Catriona, pero lo suficientemente astuta para dejar caer comentarios que hicieran daño. Ambas mujeres fueron sus compañeras en el instituto, para mala suerte, y Audrey había sufrido el efecto de sus comentarios mal intencionados desde que podía recordar. Cuando tuvo que presentarles a Max durante una cena, años atrás, lo devoraron con la mirada y no cesaron de hacer comentarios insinuantes.

La velada había resultado bastante incómoda, pero ellas parecieron no darse cuenta. Sus padres también estaban presentes, y Audrey no era dada a montar escenas, así que sobrellevó la velada lo mejor que pudo aquella ocasión.

—¿Y Maximilian? Hace tiempo no los vemos juntos, ni tampoco en las reuniones que hace la Sociedad Irlandesa de Catadores de Vinos, a la que eran asiduos. ¿Son ciertos los rumores de que anda con otras mujeres? —preguntó fingiéndose preocupada, Jasmine—. Ya sabes que a la gente le gusta especular.

Audrey enarcó una ceja.

—Con nuestros negocios estamos bastante ocupados. —Menos mal ese día había escogido un vestido elegante color palo rosa con cinturón índigo y zapatos de tacón bastante altos. Su maquillaje era perfecto, pues entre sus citas ya tenía contemplado el almuerzo con Theodore. Ese par no tendría motivos para criticar su atuendo—. Atender otros eventos se complica.

—Oh, entendemos, es el modo discreto de decir

que haces de la vista gorda a sus amantes, ¿verdad? —soltó Catriona tapándose los labios como si no hubiese querido decirlo. Audrey apretó la mano sobre el borde de su cartera. El tema de su divorcio no lo había comentado con nadie, aunque obviamente el hecho de que durante las actividades sociales a las que acudía no llevara acompañante, y que Max saliese en esas revistas con una mujer distinta cada vez en Londres, resultaba peor—. No te preocupes, no tienes que responder —fingió acomodarse el borde de la falda Alexander McQueen.

—En absoluto, Catriona, creo que el puesto de hacer de la vista gorda era para tu exesposo… ¿Cierto? —sonrió con malicia. Ese par sacaba su peor lado.

Jasmine fingió tener una conveniente tos.

—¿Las flores son tuyas, entonces? —indagó la pelinegra.

—Lo son, Jasmine. Ahora, si me disculpan tengo que retirarme —dijo con tono cortante. Por dentro tenía ganas de lanzarles uno de sus mejores floreros de *Baccarat*—. Mi agenda de trabajo me reclama.

—Oh, aguarda Audrey —expresó Jasmine tomándola de la muñeca. Ella miró con altivez ese gesto y la morena se disculpó con una sonrisa—. No puedo dejar que te vayas sin que sepas algo importante. Como tu amiga creo que tengo el deber de decírtelo. —Miró a Catriona.

—Adelante. Tú lo descubriste, Jas —concedió la venenosa mujer.

Audrey las observaba fastidiada, pues lucían una

expresión de sospechosa inocencia.

—Querida el comentario por Max no era al azar.

«No me digas.»

—Oh. ¿Entonces? —preguntó con velada dulzura.

Jasmine se encogió de hombros cuando una mirada de Catriona la animó a continuar.

—Hoy en la mañana que desayunábamos en el Hilton con Catri, vimos a Max salir del brazo con una mujer que no se nos hace en absoluto conocida. Preguntamos… —Audrey elevó una ceja, aunque por dentro se le había quedado el corazón sin latidos. Una cosa era que sospechara que tenía una amante, y otra que ese par de chismosas le dieran un motivo para creerlo realmente—. Bueno, ya sabes que existe el *Instagram*. Y ninguna de las chicas del grupo conoce a esa muchacha…

Para Catriona y Jasmine, *las chicas* eran todas las mujeres de clase alta en Belfast y Londres que eran sus amigas… o creían que lo eran.

—Ya veo.

Catriona se aclaró la garganta.

—Entendemos que debe ser difícil un matrimonio con un hombre tan sexy, con todo el respeto. —«Será zorra», pensó Audrey sintiendo cómo le dolía la cara de mantener el semblante compuesto—. Además, la mujer lo abrazaba como si fuera de su propiedad. Nos pareció terrible y consideramos nuestra obligación decírtelo. Quizá fue el destino que te puso hoy aquí para encontrarnos, amiga querida. O si no, créenos que te habríamos llamado para alertarte.

Un orgullo tonto

—Estoy segura de que me comentan esto por mi propio bien —replicó, segura de que tenía los nudillos blancos de tanto apretar su cartera.

—Claro que lo hacemos por tu propio bien. Somos amigas desde siempre —agregó Jasmine—. No nos pareció bien cómo él reaccionó a su abrazo, la retuvo contra su cuerpo. Totalmente de mal gusto —elevó la nariz como si el recuerdo la incomodara—. En serio, Audrey, muy mal gusto.

Su cerebro procesaba imágenes alocadas cada segundo. De Max besando a la mujer que le estaban describiendo. Morena, guapa, voluptuosa, cabello brillante y ojos gatunos. Max tocando a esa extraña como lo hizo con ella. Max gimiendo, mientras… Quiso gritar. «Exactamente la clase de información que necesitaba, después de que Max se hubiese acostado con ella y no llamase en casi tres días», pensó, mientras Jasmine continuaba hablando con su voz chillona.

Sabía que a ese par podía creerle solo una milésima parte de lo que contaban. Temía que esa cantidad en esta ocasión fuese cierta.

—Pues si yo tuviese un esposo como él, no se me ocurriría quitarle un ojo de encima ni un solo segundo del día. A los hombres hay que controlarlos, si no ya sabes —replicó Catriona, encogiéndose de hombros.

«Menos mal tu exmarido se libró de ti a tiempo», pensó Audrey. La mujer tenía fama de escandalosa, celosa empedernida, y también de infiel. Así que no la sorprendió cuando supo que Jake Corinthians se separó de Catriona aludiendo diferencias irreconciliables.

—Me encantaría continuar conversando con ustedes y saber sobre los supuestos devaneos de Max —bajó la voz a propósito a modo de confidencia— él está bastante ocupado conmigo, así que dudo que pueda tener tiempo para otra. —Elevó el rostro con una sonrisa que no le llegaba a los ojos, pero ese par no se daría cuenta—. Nos vemos otro día, chicas.

—¡Esperamos que sea pronto! —agitó Catriona la mano en una elegante despedida, cuando la silueta de Audrey se perdió por las puertas grandes de cristal.

«Así que el Hilton», pensó Audrey mientras subía a su automóvil con las manos temblándole de rabia. «Por ella, Max, se podía ir al diablo.»

Cerró *Clovertown* al anochecer. Cuando se fijó en la hora se apresuró a despedirse de Francesca, Melanie y Vania. Eran casi las ocho, y no quería que Mary pasara todo el día cuidando a su hijo.

Estaba agotada, y extrañaba a su bebé.

Encendió la radio del automóvil y agradeció que no lloviera aquella ocasión. Le encantaba la lluvia, pero no era precisamente bienvenida cuando intentabas ir de un lado a otro con bolsas de compras y un bebé. Aprovechó en detenerse en una juguetería que le quedaba de paso y comprar un patito de hule para la hora del baño de Daniel. Luego retomó la dirección a casa.

Pocos minutos después aparcó ilusionada por la idea de ver a su hijo, besarlo en las mejillas regordetas, hacerle mimos y decirle cuánto lo quería.

Un orgullo tonto

Al abrir la puerta principal se topó con dos grandes sorpresas. La primera, ver el salón principal atiborrado de juguetes infantiles, por lo que el patito que llevaba en la mano palideció en comparación a todo ese despliegue variopinto. La segunda, cuando Mary le anunció que Max se había llevado a su hijo.

CAPÍTULO 6

Audrey dejó caer lo que tenía entre manos. Un frío gélido empezó a recorrerle la columna y sintió las piernas débiles. Con desesperación se acercó a Mary.

Su nana la observaba como si viniese de otro planeta. «¿Acaso era cómplice de Maximilian? ¿Él le había pagado para que le diera al niño? ¿Sería capaz?», se preguntó Audrey yendo de un lado a otro.

—¿Por qué has dejado que se lo lleve? —gritó sin poder evitarlo.

—Cálmate, cariño…

Las lágrimas no tardaron en aparecer, y la respiración agitada las precedió.

—¡Se ha llevado a mi bebé! —sorbió. Sacudió a Mary de los hombros, quien la observó incrédula.

—Cállate por favor, muchacha —se soltó, y Audrey se sentó en el piso de rodillas con el rostro entre las manos.

—Ningún maldito abogado va a quitarme a mí hijo —dijo con fiereza y voz temblorosa— yo también tengo mucho dinero, no me importa pedírselo además a mis padres y podría enviarlo a la cárcel por secuestro...

Mary la observaba con preocupación y se agachó junto a ella, la abrazó, y empezó a hablarle, pero Audrey solo lloraba como si un dique se hubiese roto dentro suyo. Las emociones contenidas del fin de semana, la presión del trabajo y las dudas sembradas por los comentarios de Jasmine y Catriona, salieron a borbotones en forma de lágrimas.

—Cálmate, cariño, cálmate —le dijo preocupada—. ¿Has escuchado algo de lo que te acabo de decir?

—N...no... qui...quiero a mi bebé...—sollozó contra el hombro de Mary, quien continuaba abrazándola.

—Audrey, niña, mírame.

Con los ojos anegados de lágrimas, obedeció.

—Max trajo esos juguetes para Dan. Luego me ha preguntado si me parecía bien que se llevara a pasear a su hijo. ¿Cómo le podría negar a un padre algo tan natural como querer pasar un rato con su propio bebé? —explicó con dulzura la mujer de ojos cafés—. No he pensado que fueras a imaginar toda una película. Entiendo que las cosas con tu esposo parecen no estar del todo basadas en la confianza y que ha pasado mucho tiempo. Debió llamarte a consultar, y quizá lo hizo, pero no respondiste. Piensa en las posibilidades positivas, porque las ideas que llevas en esa cabecita tuya ahora mismo no ayudan.

—Él no estuvo cuando lo necesité…

—Lo sé, pero también es su hijo. Imagina los papeles invertidos. ¿No querrías también estar con tu bebé si apenas lo conoces? Ponte en su lugar.

Ambas se incorporaron poco a poco. Fueron hasta el cómodo sofá. Las lágrimas se detuvieron poco a poco.

Tener a Max alrededor la empujaba a erigir barreras emocionales y luego derribarlas como si nada hubiera ocurrido; y luego, nuevamente, las levantaba. Era un proceso que empezaba a resultar cansado.

—No puedes creer que Maximilian sea capaz de hacerte una maldad como llevarse al bebé lejos de la madre de la criatura. Ve a darte un baño, y apenas llegue Max estarás repuesta para darle de comer al niño, y serena para tratar con tu esposo.

—¿Se llevó el biberón…?

—Sí, hija, sí. Le preparé un bolso con todo lo que el bebé pudiese necesitar. Lo ayudé a llevarlo al automóvil, y tiene un asiento para bebés y todas las seguridades que puedan ocurrírsete.

—Entonces lo había planeado todo.

Mary suspiró. A veces Audrey podía llegar a ser muy necia.

—Planeó todas las medidas de seguridad para Dan, sí. No ha conspirado para llevarse a tu hijo de tu lado.

—¿No sabes que lo odio? ¡Lo odio! —gimió—.

Solo llega para hacerme daño, desestabilizar mi vida, y ahora quiere tener a mi hijo.

Mary puso las manos gastadas por el tiempo sobre los hombros de Audrey con dulzura.

—Dan es de ambos y no tiene por qué soportar el fuego cruzado que pueda haber entre sus padres. Cuando te aclares un poco, entenderás. Los niños sienten las emociones de sus progenitores y les afecta.

Audrey dio un profundo suspiro consciente de que su nana tenía razón en eso último. Aunque no le gustó que defendiese a Max. Asintió.

—¿Dónde fueron?

—A casa de tus padres.

—A casa de mis… —se ajustó el cabello en la coleta, empezó a caminar de un lado al otro sobre la alfombra Aubusson—. Max debe estarlos poniendo al día. —Le intrigaba qué estaba haciendo Max al visitar a sus padres.

—Si mal no recuerdo tú elegiste omitir la parte más importante de la discusión con Max, y que te trajo a Belfast.

—Por la salud de papá.

—Lo sé, así como también debes darle crédito a tu madre, ella no va a permitir que tu esposo indisponga la salud del señor Rutladge. Ahora ve a poner un baño de rosas y cuando sientas que estás más calmada podrás afrontar lo que consideres oportuno Maximilian regrese con Daniel.

—Está bien…, y siento el modo en que te grité —dijo con sinceridad.

—Comprendo cómo pudiste sentirte. Está todo olvidado —se puso de pie—. ¿Ya estás más calmada?

—Sí, gracias, nana.

—Anda, ve a relajarte.

***

Minutos más tarde, Audrey apareció con el rostro fresco y más calmado. El vestido de flores sin mangas y a la altura de la rodilla flotaba con el movimiento de sus suaves pasos. Estudió la casa, pero no había señales de su hijo. Fue a buscar a Mary, y la encontró hirviendo agua para el té.

—Creo que debería llamar a mamá.

Mary le daba la espalda, mientras acomodaba algunos trastes en la cocina.

—Tienes que ser paciente.

Audrey se abrazó a sí misma. Estaba en el umbral de la puerta. Una de las áreas de su casa que más le gustaba era esa. La estancia era amplia. Había un mesón central de mármol negro para comer o dejar las compras. Dos refrigeradoras: una para los zumos y frutas, la otra para carnes y verduras.

Le encantaba el par de ventanas que daban al pequeño patio trasero en donde había dispuesto juegos de niños. Había decorado la casa a su gusto, y agradecía que la casera se lo hubiese permitido.

—Necesito tener a mi bebé en brazos... es una necesidad que no puedo explicarte. Sé que tienes cinco hijos, pero Daniel es todo lo que tengo ahora.

Mary se giró y la observó en silencio.

La tetera estaba calentándose y pronto empezó a sonar con fuerza. Sabía que nada de lo que dijera interrumpiría el monólogo que acababa de empezar Audrey, así no encontró modo de advertirle de una presencia detrás de ella.

—Con este clima que a veces llueve y a veces no, mi bebé se puede enfermar. Max es un inconsciente, consentido, engreído, mujeriego, orgulloso…

Mary apagó la tetera.

—Me agrada saber que tu madre está enumerando todas mis cualidades —expresó la voz profunda y grave de Max mirando a Dan acurrucado entre sus brazos—. Al menos sabemos que si grita un poco los vecinos podrán conocerlas, ¿cierto hijo? —le dio un beso a la sonrosada carita de Daniel.

Audrey se giró.

Max estaba muy cerca suyo. La fragancia familiar de su esposo penetró en sus sentidos aturdiéndolos por un momento. Lo miró, primero con sorpresa, y luego la furia se apoderó de ella.

Le arrebató de los brazos a su hijo sin contemplaciones. Abrazó, besó y lloró diciéndole en voz baja al bebé que era importante para ella, que no permitiría que nadie los separara.

Mary al notar que las cosas iban a ponerse muy personales se despidió con un murmullo y salió sigilosamente dela casa. «Ese problema era asunto de dos y ella no sumaba. Regresaría al día siguiente para cuidar al pequeño.»

Max miraba con asombro a Audrey. ¿Acaso creía que le quería quitar a Daniel? ¡Dios! Iba a tener de verdad un gran trabajo para volver a ganarse su confianza. No creía que llevar a pasear a su hijo le causara tanta preocupación.

—Didi… —pronunció en un susurró acercándose a su esposa. Le puso la mano en el hombro.

Ella dio un respingo.

—Déjame —habló con firmeza, pero en igual tono bajo para no alterar a su hijo. Moviendo el hombro se deshizo de la mano que le transmitía una sensación de calor en la piel—. Jamás vuelvas a llevarte a *mí* hijo sin *mí* consentimiento. ¿Está claro?

Max apretó la mandíbula.

—*Nuestro* hijo —remarcó con rudeza—. Y puedo verlo cuantas veces quiera hacerlo, no vas a alejarlo de mí. ¿Lo has comprendido? Me he perdido demasiados meses de su vida, y no pienso perderme ni un minuto más por tu necedad.

—*¿Mí necedad?* Eres un cínico…—se detuvo abruptamente, porque el pequeño empezó a llorar.

Audrey se alejó hacia el dormitorio del niño para calmarlo y darle un baño. Se desentendió por completo del hombre enfundado en un jean negro, botas, camisa verde que se amoldaba a cada uno de sus músculos, y una elegante cazadora. Claro que se fijó que estaba guapísimo, pero no pretendía darle a entender que le afectaba su presencia; además, quería dejar claro cómo eran las reglas.

Ella mandaba en su hijo. Así que ahora Max no tenía ningún derecho a dar voto o posición en relación a Daniel. Tenía que ganárselo… Si acaso estaba interesado en hacerlo de verdad.

Mientras escuchaba el chapoteo del agua, Max decidió organizar los juguetes que encargó y que estaban dispersos en la   sala. Fue a hablar con sus suegros en la tarde, porque era un modo de saber cómo se sentían ellos con respecto a él, después de tanto tiempo sin verse.

Además, quiso dejarles claro que tenía la intención de recuperar a Audrey. Cuando los Rutladge lo vieron, la primera reacción fue de sorpresa.

Rebecca, en particular, lo miró con fastidio. «¿Qué les habría contado Audrey?», pensó de inmediato porque era evidente que cada uno de sus suegros tenía una versión distinta de lo ocurrido en su matrimonio. Su suegra le lanzó dardos con la mirada, y su suegro lo acogió con un fuerte abrazo y un apretón de manos.

Durante la conversación que sostuvieron se enteró de los problemas del corazón y el pre-infarto que tuvo Matt justo cuando Audrey volvió a Belfast. Lamentó que estuviera enfermo. Su suegro era un hombre a quien respetaba y hacia quien tenía gran aprecio. Al percatarse de que desconocía el porqué del distanciamiento con Audrey, y que de hecho creía que su hija tenía la culpa, entendió cuánto amaba su esposa a Matt.

Pero no iba a tenerla fácil con Rebecca, ella lo observaba inquisitivamente. No se requería ser un genio para entender cuál de sus dos suegros era el que conocía la historia real de su separación.

—Espero que estés aquí por algo bueno, Maximilian —había expresado la voz solemne de Matt—. Ya es hora de que esa chica recapacite —le sirvió un vaso de vino tinto—. Menos mal me has traído a mi nieto —miró a Dan, arrobado, mientras Max lo sostenía en brazos—. Audrey debería venir, pero ha cancelado a última hora por no sé qué asuntos de trabajo —había expresado con una mueca.

—Matt, no debes meterte en la vida de tu hija —acotó Rebecca, quien a sus sesenta y cinco años se conservaba muy bien—. Tiene mucho trabajo. Ya vendrá cuando pueda hacerlo.

—¡Pamplinas! Mira a Max y a Dan que son como una gota de agua. Audrey debería estar con ellos. Déjame cargar a este muchachote —quitó de los brazos de Max a su nieto—. Serás un hombre fuerte como tu abuelo! —dijo, abrazando al pequeño. Luego se dirigió a su yerno de nuevo—: Realmente espero que hagas entrar en razón a mi hija. ¿Qué piensas hacer?

Rebecca se guardó una mueca. Si defendía a su hija, entonces Matt haría preguntas y no quería contrariarlo.

—Los dejo para que hablen a gusto —dijo Rebecca. Tomó a su nieto en brazo, mientras Max y Matt se acomodaban en el salón—. Este príncipe tiene que comer. Ya lo traigo de vuelta dentro de un rato.

—Ve, ve, aquí entre hombres vamos a arreglar este asunto de una vez por todas —replicó Matt, observando cómo su esposa llevaba al niño a tomar el biberón.

—Ahora ya puedes responder a mi pregunta —insistió el padre de Audrey acomodando su cuerpo grande en su sillón favorito. Cruzó una pierna sobra la otra, y dejó descansar el tobillo derecho sobre la rodilla izquierda.

—Voy a convencerla de que su lugar está conmigo —declaró Max antes de beber de su copa—. Aunque te diré que no va a ser nada fácil. Es una mujer testaruda y bastante difícil de entrar en razón — sonrió por encima del borde.

Matt se carcajeó y desestimó el hecho con la mano.

—Lo sé. Esa muchacha sacó mi carácter.

—En parte yo tuve la culpa también, así que intentaré hacer todo lo que esté en mis manos para reconquistarla.

—Debes hacerlo, sí. Mira, Max, mi mujer y yo nos peleamos hace mucho tiempo. Claro fui yo quien se portó mal y tuve la mala cabeza de decirle que la quería fuera de mi vida. ¿Te imaginas semejante estúpido en que me había convertido?

Max se quedó en silencio. Su suegro continuó, consciente de que lo tenía interesado en el relato que acababa de empezar, con un asentimiento.

—Tu caso es distinto, claro. —Max apretó la copa con fuerza. Estaba avergonzado por su proceder con Audrey—. Así que quizá no es tan complejo resolverlo, Max. Rebecca no lo hizo por capricho, no —gesticuló con las manos—, sino porque yo me porté muy mal. Muy mal.

—¿Puedo preguntar por qué discutieron?
Matt asintió.

—Pensé que me engañaba con otro. Cielos, la hice

vivir un infierno… —se quedó en silencio como si hubiera vuelto por un brevísimo instante al pasado. Una ligera sombra pasó por sus ojos azules iguales a los de Audrey—. ¿Sabes, muchacho? No fui justo y ella sufrió. Cada día intento recuperar ese tiempo de aflicción que nos causé. Por eso dejo que ella lleve la voz cantante y a veces creo que no me la merezco.

Max se aclaró la garganta. «¿Sabría su suegro la verdad después de todo?».

—Rebecca es una mujer de gran carácter —señaló el padre de Daniel.

—Sí, y muy leal. Como mi Audrey. —Max sintió un nudo en el estómago. ¿Cómo le dices a alguien que tiene una elevada opinión de ti, que has sido un imbécil insultando a su hija? Callado le iba mejor, sin duda—. Por eso haberla acusado de estar con otro fue… bueno, una absoluta tontería. Pero los hechos lo ponían de ese modo, así que creí en lo que mis ojos vieron. Fue un gravísimo error no asumir las cosas con mente fría.

—Comprendo.

—Bueno, éramos jóvenes. Audrey no nacía aun y yo era muy celoso… mi mujer era la más guapa de toda Irlanda. Aun lo es —corrigió—. Solo tenías que ver el modo en que se giraban a mirarla cuando iba conmigo —soltó con una carcajada, y las arrugas alrededor de los ojos se marcaron—. Mis amigos ingleses solían decirme que era suertudo por tener una mujer inteligente y hermosa al mismo tiempo, pero, ¿cómo culpas a un irlandés de tener suerte?

Max rio y parte de la tensión se disipó.

—¿Cómo hizo para que volviera a su lado? —preguntó con estudiada cortesía.

No quería delatarse, y su suegro era perspicaz como el mismo diablo. Se acabó su copa de vino y la dejó sobre la mesa que estaba junto a la chimenea.

Matt lo observó fijamente como intentando descifrar algo. Y si acaso vio más allá de una simple pregunta, no lo dio a entender.

—No me di por vencido y seguí mis instintos —se empezó a incorporar y Max acudió para ayudarlo a ponerse en pie—. Estos huesos están cansados, pero no mi espíritu. Anda a casa —aconsejó—. Al menos me alegro de que mi hija te permita ver a Daniel. Eres su padre y ese es tu lugar.

—Audrey no ha sido inflexible tampoco; yo trato de darle su espacio y presionarla no sería justo —comentó defendiéndola ante Matt.

No estaba bien que siguiera cargando con una culpa que en realidad ella no tenía.

—Me gusta que Daniel lleve el apellido Rutladge, ¿acaso la pelea también incluía que no le dieras el tuyo? —preguntó con un dejo de enfado, mientras avanzaba despacio hacia las escaleras.

—Ese es otro tema que tengo que enmendar inmediatamente.

—Más te vale, Max. Porque con estos huesos cansados soy capaz de dar una buena pelea —amenazó mostrándole el bastón con el que se apoyaba habitualmente. Luego sonrió. «Sin duda, Matt defendería a los suyos con o sin enfermedad.» Un rasgo con el que Max se identificaba.

—Resolveré la situación.

El anciano lo estudió un rato.

—Yo tuve que pasarme casi un año haciéndole guardia en la puerta a mis suegros, hasta que mi mujer quisiera salir y perseguirla para obtener una simple palabra. Ellos me querían dar un tiro por haber tratado mal a su hija, claro que eran épocas y circunstancias distintas. Me tragué el orgullo y me esforcé para reconquistarla. Y aun lo hago, muchacho, aun intento reconquistarla cada día. En fin…—dio un suspiro cansado—. Voy a recostarme. Tengo que tomar la medicina. Dile a Audrey que venga más seguido y deje esa florería que la agota demasiado.

—Conversaré con ella al respecto —replicó no muy convencido de que Audrey le permitiría meterse en sus asuntos profesionales.

Acompañó a su suegro hasta las escaleras de caracol de la casa estilo victoriano.

—Asegúrate de que mi nieto no sea tan testarudo. —Max se rio y asintió—. Nos vemos, Max —puso una mano en el pasamano de madera tallada y empezó a ascender despacio hacia su habitación.

—Cuídate ese corazón, Matt.

—Soy fuerte como un roble.

Su suegra lo encontró con una sonrisa cuando Matt había desaparecido en la planta superior. Le entregó a Daniel que agitaba los piecitos en el aire.

—Puede que mi esposo sepa algo de la verdad o la intuya —le dijo Rebecca sin tapujos—. Pero no pienso confirmarle nada con respecto a ti y Audrey.

Como madre te pido que no vuelvas a lastimar a mi hija —expresó con seriedad—. Si no estás dispuesto a hacerla feliz, prefiero que la dejes libre. Jamás pensé que pudieses actuar de ese modo, Maximilan.

—Rebecca sabes de sobra que lo que ocurrió con Audrey fue un terrible mal entendido, y pienso enmendarlo a como dé lugar.

—Eso espero, Max. —Luego ella cambió el tema y estuvieron charlando, hasta que se hizo un poco tarde y Dan estaba inquieto.

Ahora disfrutaba del ligero calor de la chimenea de la sala de Audrey.

La temperatura exterior era de casi ocho grados centígrados, así que el fuego era bienvenido. Escuchó el clic al cerrarse una puerta. Segundos más tarde, Audrey entró en el salón y Max la notó más calmada, lo cual le permitió creer que podrían hablar con más sosiego que hacía un rato.

Ella se sentó a su lado en silencio, sorprendiéndolo al acercarse voluntariamente.

Audrey contempló los juguetes que estaban cerca de la ventana del salón durante un buen rato y en ese punto mantuvo su atención cuando empezó a hablar.

—Por favor, no vuelvas a llevarte a Dan sin decírmelo. Mary es mi nana y la adoro, pero no es la madre de Daniel. Tú puedes verlo cuando desees, pero si te apareces después de tanto tiempo y te lo llevas… —suspiró como si hubiese dejado escapar una carga de sus pulmones. Se giró hacia al rostro atento de Max—. ¿Cómo crees que pude haberme sentido? Vienes de pronto a poner mi vida patas arriba. Pensé que tendría que ir a luchar a las cortes por mi hijo. Y lo habría hecho, ¿sabes? Lo haría sin importarme nada, nada…

Max sabía que la reacción de Audrey era la consecuencia de sus errores, pero no por eso dejaba de afectarlo.

—Yo jamás —le tomó las manos, y ella se dejó hacer—, escucha bien, cariño, jamás voy a alejar a nuestro hijo de tu lado. Tú eres su madre y él te necesita. Pero yo también tengo derecho a verlo. Tan solo lamento habérmelo llevado sin avisarte. Creí que no habría inconveniente, porque Mary sabía dónde iba a estar. No fue mi intención asustarte ni preocuparte. ¿Me crees?

Contempló sus manos unidas. Y no pudo evitar recordar la conversación de la tarde con Jasmine y Catriona. Se deshizo del toque de Max. Él no hizo intento de recuperar el contacto.

—Te creo —replicó sinceramente.

Él se sintió aliviado.

—Bien.

—Max, este despliegue de juguetes —los señaló—, no puedes malcriarlo dándole todo. Tiene que ganárselo poco a poco y por ahora quiero que solo tenga lo necesario. Necesito que aprenda a valorar sus cosas, el entorno. No quiero que crezca dándolo todo por sentado y el día que tenga una contrariedad no sepa cómo resolverla.

Max asintió.

—No hay problema…, me parece bien tu postura. La próxima vez iremos juntos y decidiremos lo que hay que comprarle. ¿Mejor así?

—Aun no he pensado…

—Audrey. Solo estamos hablando de los juguetes. No te estoy presionando para que decidas sobre nuestro matrimonio. Me pediste un tiempo, lo tienes, pero no implica alejarme de Daniel, me digas lo que me digas. Además, no he venido en plan romántico.

«Claro porque ya tienes una amante.»

—Mi padre sufre del corazón. Él no sabe… ¿Le dijiste que…? —preguntó preocupada—. Él sufre del corazón —insistió.

Max negó con la cabeza, sin dejar de mirarla.

—No sabe nada. Solo le repetí lo que te expresé anoche —se acercó un poco más y ella no retrocedió, ni se sintió amenazada—. Pienso reconquistarte.

—El sexo no va a solucionar la situación.

—No volverá a ocurrir, a menos que tú me lo pidas. A menos que tú vengas a mí. ¿Te parece eso más justo?

Ella lo miró dubitativa.

—Te quiero de vuelta a mi vida, Didi. ¿Me vas a permitir intentar conectarnos de nuevo… Al menos como amigos, hasta que te aclares y me puedas dar una respuesta sobre nuestro matrimonio?

Audrey se sintió como si estuvieran en Londres. Años atrás. Y él le pedía que se casara con él. Había utilizado ese mismo tono grave, suave y sincero. Y tanto como en aquella ocasión, ahora tampoco podía resistirse, en especial porque había una persona inocente involucrada: su hijo.

—Lo pensaré… por Dan —expresó finalmente.

—Ese es un buen comienzo.

Max pasó un dedo sobre su mejilla con delicadeza.

—Didi…, que no se repita lo de anoche hasta que tú te acerques a mí, no significa que no vaya a provocarte para que ocurra —se puso de pie—. Ahora me voy.

—¿Vuelves a Londres?

Él sonrió.

—No. El *Hilton Belfast*, porque ya terminó hoy la convención anual de *Apple*, tuve suerte de encontrar una habitación cuando la necesitaba. —No le dijo que en realidad compró una suite en el Hilton mucho antes de llegar y que ahí pasó la noche. El tema de Alexia lo trataría luego.

—Ya veo. —«Entonces era una convención», pensó recordando a la morena que le habían descrito Jamine y Catriona—. Me alegro por ti.

El tono de Audrey sonó desconfiado y a él no le pasó desapercibido.

—¿Hay algo específico que desees preguntar?

—Para nada. — «¿Te estás acostando con otra?».

Él tomó la barbilla de Audrey y la obligó a mirarlo a los ojos.

—Tuve una reunión la otra noche. Y quizá me hicieron un par de fotografías. Salgo acompañado de varias personas, nadie en especial. No te avisé, porque no sabía si acaso querrías verme tan pronto y verte forzada a recibir preguntas cuando hemos estado viviendo separados tantos meses.

—Qué considerado.

—Las ironías no te van. ¿Estás segura de que no

quieres preguntar nada en específico?

—Claro. —«No, no lo estoy.»

—Por cierto, no sería sensato que tuvieras la idea de que puedes estar con otro mientras arreglamos nuestra situación.

—¿Lo dices porque te sientes culpable por algo en específico?

—Lo digo para dejar en claro ese punto.

—La infidelidad no está en mi lista de "ideas", Maximilian.

Él enarcó una ceja. La observó fijamente.

—Me alegro de que concordemos en eso.

—Bien. —Ella lo creyó. No iba a dejarse preocupar por los chismorreos.

—No pienso perderte de vista. Así que no te hagas ilusiones, Audrey —manifestó muy cerca, inclinándose como si fuese a besarla en los labios. Ella lo miró sin moverse, y Max depositó un beso en su mejilla, luego se apartó—. Nos vemos pronto. Por cierto, hay un tema que indistintamente de lo que decidas sobre nosotros, no es negociables.

—¿Qué podría ser?

—Mi hijo también es un Bloomberg, y quiero que lleve mi apellido.

No pensaba discutírselo, porque en esta ocasión su esposo tenía razón.

—Bien.

—Yo me encargo de todos los trámites legales. Será algo rápido.

—Muy bien. Ahora iré a descansar. Daniel me necesita.

«Yo también.»

—Adiós, Audrey. —Le pasó la mano sobre el cabello en una caricia fugaz, y luego se alejó.

No pasaron ni veinte minutos de que Max se hubiese ido, cuando llamaron a la puerta. Ella no conocía a nadie que fuese tan persistente como su esposo. Aunque era raro que volviera, pues no se le había quedado nada, y ya se había despedido de Dan y de ella. Abrió la puerta.

—¡Didi! —Un beso firmé cubrió sus labios—. ¡Menos mal estás despierta!

—Patrick —alcanzó a decir, desconcertada. No solo por la visita, sino también a causa del beso—. Pasa —dijo con sarcasmo, cuando su amigo ya estaba en el vestíbulo como si estuviera en su propia casa.

CAPÍTULO 7

Patrick siguió su camino y se sirvió un vaso de zumo de uvas con mucho hielo, a pesar del frío clima. Cuando terminó el zumo y dejó el vaso sin limpiar sobre el mesón, la puerta de la refrigeradora mal cerrada, Audrey comprendió que no podría estar con él. Sería una pareja complicada de manejar en la convivencia.

Su mejor amigo se caracterizaba por ser terriblemente desordenado y estaba habituado a tenerlo todo a disposición como si fuera el último Emperador. Era un amigo estupendo, comprensivo y atento, pero como pareja, al menos para ella, podía estar segura de que no funcionaría. Además, el estado anímico de Patrick cambiaba conforme a sus emociones como artista; podía sumirse en una profunda depresión y perderse durante días en su estudio o bien podía encontrar ratos de impresionante inspiración y tener ganas de recorrer el mundo.

Quizá como amiga lo toleraba, pero ella tenía un hijo de por medio y necesitaban estabilidad, una pareja que dependía de sus "musas" e inspiración para brillar o esconderse hasta recuperar la creatividad, no era lo que buscaba. Esa turbulencia emocional afectaría en la crianza a Daniel.

Max era todo lo opuesto, aun cuando estaba enfadado. Jamás esperaba que ella hiciese nada en casa. Muy contrario al común de los hombres, ella y él tenían un eficiente plan de tareas, a veces se lo saltaban, pero al final sabían que era para el beneficio mutuo que cada uno hiciera algo por la casa. El servicio doméstico que tenían contratado ayudaba, pero los pequeños detalles de la convivencia íntima dependían de que fuesen comprensivos mutuamente. Con ese sistema les había ido bien.

Max era estable con sus emociones, salvo cuando los celos se colaban en sus sentidos, por eso los problemas habían sido de otra naturaleza y esperaba poder solucionarlos. O intentarlo al menos. La confianza era como una línea trazada en un lienzo, una vez estropeada no volvía a mantener la misma estética del inicio e inclusive podría llegar a borrarse para siempre.

—Pat, no vuelvas a besarme —pidió con seriedad.

Él sonrió.

—Prometiste darme una oportunidad. He venido por esa promesa. Ya sabes lo que siento por ti.

Audrey suspiró. Estaba de pie en la biblioteca,

mientras él acomodaba una simpática boina estilo francesa color gris en el perchero. Patrick se apoyó contra el librero de clásicos rusos, los favoritos de su amiga.

—Pat, lo siento, pero no te puedo ver de otro modo. Eres mi mejor amigo, y te pido disculpas por haberte dado falsas esperanzas. De verdad, lo siento —expresó triste apartando la mirada.

Él perdió la sonrisa fácil que lo caracterizaba.

Patrick era alto y tenía unos profundos ojos verdes. Su cabello rubio contrastaba con el rojizo del resto de su familia. Aunque no era corpulento, su físico era fuerte y fibroso, además tenía un gran sentido del humor, así como un talento fabuloso como pintor que era reconocido en varias ciudades. Sus pinturas eran muy cotizadas y se pagaban altos precios por ellas.

—Rehúyes mirarme a los ojos al decirlo… te conozco. ¿Qué ha pasado estos días que no te he visto?

Ella dudó, pero supo que sus mejillas se sonrojaron.

—Te conozco, Dios —se pasó la mano por el rostro—. Te conozco, Didi… El imbécil de Maximilian te ha vuelvo a contactar, ¿no es así? —respiró profundamente y constató su respuesta en el modo que Audrey se retorcía los dedos de las manos—. Peor que eso —la miró con dureza cuando el rubor asomó de nuevo a las mejillas de Audrey —. Te has acostado con él… ¿Verdad? —preguntó furioso y cruzó los brazos con fuerza para no dejar volar su temperamento.

—Eso no es asunto tuyo —replicó—. No te atrevas a juzgarme —lo señaló con el índice.

Patrick sentía una profunda decepción. «Estaba enamorado de ella, se lo había dicho, ¡por todos los cielos!»

—¿Después de todo lo que te hizo? Claro que es mi asunto, porque te quiero. El bastardo te echa de su vida, embarazada, y te sumes en la depresión, y ahora te basta un revolcón para que todo se te olvide. ¿Estás en tus cabales, Didi?

Audrey se quedó estupefacta.

—No te permito que te dirijas a mí de esa manera. Lo que pase entre Max y yo, no es de tu incumbencia —afirmó con severidad—. Quiero que lo tengas claro.

Patrick soltó una carcajada rota, y el pulso de la garganta le latió violentamente.

—¿No es de mi incumbencia? —avanzó hasta el bar de madera con una colección de caros vinos franceses, whisky escocés e irlandés. Lo suficientemente lejos de ella, porque si la tocaba…, no sabría si la besaría o zarandearía. Y en su estado ninguna de las dos opciones le permitiría tenerla o convencerla de que su decisión de solo ser amigos era errónea—. ¿Ahora ya no, porque él está rondándote de vuelta? Yo di un paso que había estado conteniendo muchos años. Me permití dejar que mis sentimientos por ti crecieran… ¿Y me dices esto? ¡Claro que es de mi incumbencia!

Ella se sintió miserable, porque tenía razón. Le

había dado esperanzas, pero en sus planes no estaba que Max volviese a su vida, y que rehusara firmarle el divorcio. No se sentía preparada para todo lo que estaba sucediendo.

—Pat, yo… estoy tratando de organizar mis emociones. Y creo que nos haríamos mucho daño si yo permitiese que nuestra amistad cambiase de rumbo…

—Sé que en estos momentos estás un poco confundida y herida. Nuestra amistad, como tú la llamas, cambió de rumbo hace mucho tiempo. Para ser específico, en el preciso instante en que te dije que no quería verte como una amiga y tenía la intención de acoger a Daniel como si fuese mío. Puede que no sea el ideal de esposo, pero me conoces lo suficiente para saber que en mí se puede confiar, que no te voy a dar la estocada por la espalda.

—Oh, Patrick… —No tenía idea de cómo consolarlo o hacerlo sentir mejor, porque ni ella podía conciliar el sentimiento de culpa por herirlo. Él sería un desastre como pareja, pero era un amigo magnífico y no quería perderlo—. Lo sé —agitó las manos derrotada—, han sido días de mucha tensión. Puedo confiar en ti, no tengas dudas de que lo hago, y por eso mismo prefiero ser sincera ahora y decirte que no puedo permitir que avancen las cosas entre ambas. Volvamos a ser los mismos amigos de siempre…por favor, eres importante para mí —pidió mirándolo con impotencia.

Él tenía que idear un modo de que Audrey se diera

cuenta de lo que estaba echando por la borda. Los dos tenían un futuro. Ella no lo veía, y él se sentía muy dolido, pero podría fingir hasta encontrar el modo de que notara que sus sentimientos no eran volátiles. No lo eran.

—¿Temes que mis emociones cambien como cuando tengo una exposición de pintura y tiendo a desaparecerme a veces días para concentrarme...?

—No se trata de tus sentimientos, los tengo claros. No creo poder acostumbrarme a vivir con ese ritmo de ausencia emocional mientras te dedicas a tus pinturas. Yo tengo un hijo por quién velar... él, necesita estabilidad. Y ahora... —suspiró—, ahora su padre ha vuelto y no puedo permitir que otro hombre sea la figura paterna de Daniel, más que quien lo es en realidad y está dispuesto a asumirlo.

Patrick se cruzó de brazos con el rostro abatido.

—Puede ser el padre de tu hijo, pero eso no te obliga a quererlo de nuevo como tu esposo. No te puedes forzar a quererlo...

—Le dije que necesitaba tiempo.

—¿Intentas pedirme entonces tiempo también de nuevo? —Una ligera sombra de esperanza asomó en su tono de voz—. ¿Es eso?

Audrey se acercó y lo abrazó. Él se resistió en un principio, y luego cedió, devolviéndole el gesto.

—No... no es eso —se respondió a sí mismo, mientras enterraba el rostro en los cabellos perfumados de Audrey aspirando el aroma natural de ellos—. Tu decisión es definitiva... ¿Verdad?

Ella se apartó un poco.

—Lo siento, Patrick.

Él acarició los cabellos dorados con anhelo y tristeza.

—Quiero pedirte un último favor, antes de alejarme de ti.

—No tienes que alejarte... tu amistad ha sido parte de mi vida desde que tengo memoria y no quiero que eso cambie.

Patrick, efectivamente, la conocía de toda la vida, e iba a perder la esperanza de tenerla como pareja sin hacer un último esfuerzo para demostrarle que era sincero. Quizá lo que tenía en mente era un poco rastrero, pero iba a intentarlo de todas maneras. Una sorpresa para que Maximilian supiera que no iba a tenerlo todo sencillo.

—No es tan fácil tratarte como antes, y lo sabes. Creo que te sentirías igual si los papeles fuesen algo opuesto, ¿no te parece?

Ella asintió.

—¿Cuál es ese favor que necesitas?

Se sentaron en los sillones acolchados, uno junto al otro, rodeados de miles de libras de esterlina en libros de colección. En el centro de mesa había una caja de galletas, que ella empezó a abrir más que hambre, por ansiedad.

Que Max se hubiera ido hacía tan poco tiempo, y ahora tener a Patrick aparentemente intentando convencerla de tener una relación juntos era más de lo que podía manejar, sobre todo porque conocía a Pat, y sabía que estaba tramando algo. No le gustaba no poder adivinar de qué se trataba.

—No lo que quisiera, sin duda. —Ella lo miró con advertencia—. Bien, no iré por ese camino —se rio—, voy a exponer dentro de unos días en *Ross Fine Art Gallery*. Y quisiera que fueras a la inauguración.

—¡Wow, Patrick! —exclamó tapándose la boca sorprendida—. Me parece asombroso. ¡Estoy tan feliz por ti! Me parece magnífico. La oportunidad que has estado esperando tanto tiempo. Y el lugar es hermoso.

Ross era una de las galerías más prestigiosas de toda Irlanda, y acogía tan solo a los mejores artistas. Sus fechas de exposición eran estrictas y conseguir una temporada de exposición solo se lograba con mucho talento, buenos contactos y reputación impecable. Todo lo que tenía Patrick.

Desde que iban juntos al instituto ella lo escuchaba hablar de los grandes pintores. Lo acompañaba en excursiones por el campo, mientras él intentaba capturar la esencia del paisaje, ella se dedicaba a leer, o simplemente echar una siesta. Era imposible no querer a Patrick, pues juntos habían compartido muchos sueños desde niños.

Ella nunca lo vio como algo más que su mejor amigo, pero con el paso de los años el modo en que Patrick la miraba fue cambiando gradualmente. Quizá aquel cambio en él ocurrió cuando sus curvas se volvieron más pronunciadas o cuando iban a la playa, y el bikini no abarcaba a cubrir toda su piel, pero Patrick jamás dio muestras de intentar nada con ella.

Durante su fiesta de despedida, cuando decidió mudarse a Londres, creyó que Patrick iba a confesarle sus sentimientos. Pero no lo hizo. A cambio se mostró encantador y bromista como siempre, y ella creyó haberse imaginado cosas. La relación entre ambos no podía ir mejor. A veces iba a visitarla a Londres, salían de fiesta y se divertían con amigos en común.

Hasta que Patrick conoció a Max y ella percibió un considerable cambio en el modo de actuar de Pat. Estaba más callado, y cuando le pedía opinión sobre algún tema en relación a Max, él rehuía responder directamente. Audrey no podía procurar que su novio y su mejor amigo se llevaran bien, pero al menos intentaba que el clima cuando estaban entre amigos fuese cordial. Una misión imposible.

La aversión entre ambos era evidente, y aunque Maximilian sabía mantener su postura diplomática, Patrick era más boca suelta y espontáneo. Por eso no le sorprendió escuchar a su amigo criticar durante una noche de copas, abiertamente al sistema jurídico británico, y luego hacer otra crítica a la historia de los ingleses y sus actuales malos tratos a sus coterráneos irlandeses y escoceses, para finalmente darle un largo sermón a Max sobre lo inconveniente que resultaba alejarla a ella de su familia reteniéndola en Londres.

Aquella elocuente exposición de Patrick había desencadenado una pelea, en especial cuando le dijo a Max que si tanto la quería debería vivir donde ella quisiera y no arrancarla de sus raíces. Max, que en un principio se mostró algo reacio a seguirle la corriente, desató su mal genio y le dijo todo lo que pensaba; enfatizó que ningún pelele le iba a decir cómo llevar su vida, ni antes de que se casara ni después.

Ella intentó mediar, mientras sus demás amigos observaban la escena, boquiabiertos. Audrey procuró explicar a Patrick que seguiría viviendo en Londres porque a ella le gustaba la ciudad, y a Max, que no le prestara atención a su amigo que ya tenía varias cervezas encima.

Eso no impidió el intercambio de puños entre ambos.

Al final de esa pelea, Max no volvió a dirigirle la palabra a Patrick, y su amigo le concedió la misma cortesía. Audrey agradeció que el dueño del bar en el que estaban celebrando su compromiso no hubiese llamado a la policía, sino que a cambio emplease una palabra muy soez, pero efectiva debía reconocer, que hizo que Patrick y Maximilian se separaran. Desde entonces, ese par, no habían vuelto a verse.

—Gracias, Audrey —sonrió, apretándole los dedos de la mano con afecto—. En realidad hubiese querido que tu respuesta de hoy me la dieses después de la exposición. No hagas ese gesto, el comentario no es para que te sientas incómoda. Tan solo me ha hecho pensar en un detalle adicional que necesitan mis cuadros. Me inspiras…

Ella sonrió.

—Eso es muy dulce, Pat, y sabes que te quiero, pero no como tú mereces… y lamento tanto que esto nos distancie —le soltó la mano—. ¿Por qué no le haces caso a Corrine Blawster? Ella ha estado enamorada de ti desde que teníamos dieciséis años. Ha hecho de todo para llamar tu atención.

—Sí, incluso incendiar mi colección de pinceles.

Audrey echó a reír.

—Creo que tú la provocaste diciéndole que no se atrevería. Y se atrevió.

—Ya lo creo. Esa muchacha no despierta más que exasperación. No puede reconocer la diferencia entre un Monet de un Renoir. Ni un Degas de un Tiziano.

Él suspiró relajándose contra el respaldo del asiento.

—Yo tampoco puedo hacerlo.

La miró con sus ojos escrutadores y una media sonrisa.

—Tú no eres Corrine, así que no me importa. Didi, si te dijera que tengo pensado luchar por ti. ¿Qué me dirías?

Audrey estuvo a punto de gemir. Si a su vida emocional, le sumaba la cantidad de trabajo en la florería y su papel de mamá, tenía un cuadro interesante para ingresarse en el sanatorio mental más próximo.

—Te diría que entre tú y Max van a acabar con mi sentido de orientación emocional —replicó con hostilidad.

Inesperadamente, Patrick se echó a reír y la tensión entre ambos se diluyó con facilidad. Estar enfadados era poco habitual entre ambos.

—Oye, de acuerdo, tranquila —elevó las palmas de las manos, como si estuviese ofreciendo una tregua—. Solo te pediré que acudas a mi exposición. Significaría mucho para mí que me acompañases en la inauguración.

—Será un honor, Patrick.

—Ah, y si quieres puedes invitar al indeseable de Bloomberg. A lo mejor se lleva una sorpresa.

—¿Qué podría ser? —preguntó sonriente, ajena a los engranajes de la mente de su mejor amigo.

La voz de Pat se volvió jocosa.

—¡Apreciar mi trabajo! ¿Qué, si no?

Audrey enarcó una ceja, antes de echarse a reír. Había algo detrás de aquel tono de voz desenfadado y la postura aparentemente relajada de Patrick que la dejó inquieta cuando él se fue de la casa.

El llanto de Daniel la sacó de sus preocupaciones y se olvidó de todo lo que no fuese su precioso bebé.

***

Max aparcó cerca de la casa de Audrey a la mañana siguiente. Aguardó hasta que la vio salir con un vestido corto color celeste, un suéter negro y los rizos dorados recogidos en una sencilla coleta. No aparentaba veintiocho años, ni siquiera que hubiera dado a luz; salvo porque él conocía perfectamente cómo esas curvas maravillosas cambiaron por llevar a su hijo durante nueve meses.

Al verla dirigirse al BMW, él se bajó para acercársele por detrás silenciosamente, y así sorprenderla.

—¿Max? —preguntó, cuando sintió que le mordían el lóbulo de la oreja derecha.

Él la giró entre sus brazos.

—¿Esperabas a alguien más? —indagó con un brillo posesivo en sus ojos.

—No…, no.

—Bien —acercó su boca a pocos centímetros de la suya—. Buenos días, preciosa —dijo con su voz grave, y luego le dio un beso en la punta de la nariz.

Ella se quedó con el corazón vibrándole, pues había esperado que la besara. Claro, ahora dependía de ella. Recordó lo que Max le dijo días atrás sobre quién debía dar el primer paso de ahora en adelante si ella quería que hubiese contacto físico entre ambos. «Si él pretendía que bajara la guardia tan pronto, iba listo.»

Le mostró una sonrisa coqueta a cambio.

—Buenos días, Max. ¿Qué sucede? —indagó alejándose para ir a su automóvil.

Él la siguió.

—Me dijiste que pensarías el tema de conectarnos de nuevo… y hoy te voy a llevar a tu trabajo.

—No sabía que podías anticipar mis pensamientos ni mis respuestas.

—Trato de hacerte notar qué es lo correcto, por eso estoy aquí, y además quiero llevarte a la florería.

Ella lo miró con altivez.

—¿Ningún "te gustaría Audrey que te lleve"?, o quizá un, ¿"qué te parece ir juntos"?

Él se echó a reír.

—Audrey. ¿Prefieres quedarte conversando esperando a que te bese, o prefieres besarme tú? —preguntó a modo de respuesta.

Ella lo miró enarcando una ceja.

—Ninguna de las dos cosas. Quizá si fueses menos petulante en las mañanas hubiera aceptado que me llevases —lo esquivó y abrió la puerta de su automóvil—. Además, voy retrasada. —Cerró de un portazo, enfadada en realidad consigo misma por permitir que su olor, sus manos en la cintura, y la cadencia de la voz y el maldito modo de hablar dulce y grave de Max la afectaran como si fuese una pastilla efervescente.

Él la observó alejarse. No la llevó al trabajo, pero sabía que ella deseaba besarlo. «Un pequeño triunfo», pensó sonriente.

Ese era un aliciente para soportar las reuniones legales de ese día.

***

Audrey terminó casi a las seis de la tarde el pedido del día siguiente. Estaba contenta. Los *bouquets* de orquídeas eran un sueño.

Su asistente le dijo que Sarah, la mujer de Londres que hizo ese encargo, anunció que el evento planificado se atrasaría cinco días porque su jefa tenía otras cosas por despachar antes de requerir los arreglos.

—Vania y Melanie van a tener ayuda de dos amigas que adoran la naturaleza, trabajan de voluntarias para *Greenpeace*, están de paso por Belfast. ¿Te hablé de ellas? — Audrey no se molestó en responderle, porque sabía que le iba a contar de todas maneras—. Una se llama Charlotte y la otra, Brenda, son originarias de Hungría. ¿Crees? —Francesca había viajado más que Audrey cuando ella tenía esa edad—. Así que les conté del proyecto entre manos cuando fuiste a almorzar con ese hombre guapísimo.

Un orgullo tonto

Audrey sabía que se refería a Max. Él se había aparecido durante la hora del almuerzo y la llevó a comer. No se le insinuó, no la tocó, tan solo le dio un beso en la nariz al despedirse. ¡Otra vez en la nariz! La verdad es que fue encantador. La hizo sentir cómoda y ella se encontró de pronto contándole detalles de su negocio y sus proyectos de abrir una nueva tienda en poco tiempo.

—Ajá…

—No me contaste que tu esposo fuera tan atractivo —siguió Francesca. Audrey se rio—. En fin, como te decía. Después de sus aventuras por el Ártico, mis amigas han decidido quedarse en Belfast una temporada y vendrán a echarle agüita a las flores, a cuidarlas, hasta el día sábado que llegue la señorita Spellman por el pedido.

—¿Cómo te hiciste con la identidad de la jefa de Sara?

—Una llamadita aquí y allá —expresó arreglándose los pantalones verde limón. Tan colorida como solo podía ser ella al vestir—. Ahora debo irme. ¿Te dije que conocí a un hombre guapísimo, claro no como tu esposo de esos están escasos, pero este es un bombón? ¿Te conté? —preguntó con esa voz que le decía que empezaría una larga historia.

—Francie… —advirtió llamándola con el diminutivo que a veces empleaba—. Tengo trabajo. Y tú debes irte almorzar ahora también.

La sonrisa de Francesca se expandió.

—Bueno, verás, la historia con este chico es

rápida. El lunes al salir de un café al que fuimos las chicas y yo…

—¡Veeete! —le dijo con una sonrisa, empujándola, mientras Francesca se ponía el sombrerito café—. Anda, luego ya me dices.

—¡Se llama Fred! —gritó corriendo por la acerca para ir a tomar el autobús.

Audrey la vio alejarse, y luego fijó su atención en el listado de pedidos. La mayoría eran de montos económicos pequeños y de fácil despacho.

Abrió el cajón en donde se guardaba la agenda, y encontró un *post-it* de un color rosa chillón. Tenía fecha del día. Lo leyó y se quedó boquiabierta. Era el pedido más grande que le habían hecho en toda su vida.

Iba a reprender a Francesca por despistada y no decírselo.

Empezó a hacer varias llamadas y la persona que atendió era una secretaria con un acento bastante extraño. No supo identificar muy bien su procedencia, aunque tampoco era que su destreza estribara en reconocer acentos idiomáticos.

—Buenos días tengo un pedido por doscientos ramos de orquídeas de diversas especies, cuatrocientos *bouquets* de tulipanes, mil rosas blancas, catorce plantas de bambú, la petición de treinta arreglos con cardos escoceses, treinta arreglos de calalilis y un único arreglo que tenga un trébol de cuatro hojas.

—Buenos días —dijo una voz eficiente después de que ella le leyera todo el pedido—. Suponemos que es la señora Bloomberg quien llama. ¿O es Francesca?

—Sí, la señora Bloomberg. —Le sonó raro responder a ese nombre, porque desde que vivía en Belfast, nadie la llamaba de ese modo—. ¿Me puede explicar de qué empresa me llama?

De fondo de escuchaban conversaciones, murmullos. Audrey pensó que seguro era una gran compañía dedicada al comercio. A veces le hacían pedidos no necesariamente para una ocasión, pero para la venta a terceros.

—Lo lamento, el pedido es anónimo, por petición exclusiva de mis superiores. —Audrey hizo una mueca—. La transferencia del valor total se la haré dentro de una hora con los datos que me dio su asistente, porque no nos gustaría que pensara que es una farsa. Somos muy serios.

—Yo… gracias, pero no le he dado el valor exacto…

—Nosotros conocemos lo que vale un buen servicio.

La muchacha le dijo una cantidad que casi la hace desmayarse, porque era el valor total de sus ventas netas del año. ¡E iba a conseguirlas en un solo pedido!

—¿Me dirá al menos cuál es su nombre? Así sabré a quién llamar si acaso hay algún detalle importante.

Hubo una pausa del otro lado. Como si pensara demasiado en la respuesta.

—Olga. Señora Bloomberg, cualquier cosa, yo la llamaré. Si necesita algo puede comunicármelo por correo electrónico. Voy con el iPhone a todas partes.

«Una adicta al trabajo.» Gracias al cielo, ella disfrutaba la posibilidad de tener su propio horario.

—Bien, Olga —replicó con cierta reticencia—. ¿Me puede dar más detalles del motivo de todo este pedido, para poder decorarlos con alguna precisión?

En realidad quería saber si iban a ser vendidas o para alguna fastuosa fiesta. Simple curiosidad.

—Hágalo lo mejor que pueda, señora Bloomberg. Algo romántico. Eso es todo.

—¡Oh! ¡Qué afortunada la destinataria! —expresó con sinceridad.

—Supongo que es afortunada la destinataria, no lo sé —respondieron del otro lado de línea con un tono impersonal—. Enviaremos a recoger el pedido en unos días. Y no hay detalles personales que dar.

—¡Es poco tiempo el que me está dando, Olga!

—¿Acaso no es usted la dueña de la mejor florería de Belfast?

—Sí, pero…

—Entonces hágalo. A mí me pagan por conseguir lo mejor y a usted por ser un proveedor eficiente. Le enviaré una copia de la transferencia. Buenos días, y gracias.

—Pero… —dijo al aire, porque la comunicación del otro lado se había cortado. Miró el teléfono frunciendo el ceño.

«Siempre existían uno o dos excéntricos que llamaban.»

Se puso manos a la obra.

Los siguientes días transcurrieron con bastante

tranquilidad, o al menos eso creía Audrey. Una sensación de ansiedad empezó a surgir dentro suyo. Max la iba a ver todos los días. En las mañanas, la abrazaba por detrás con su cuerpo cálido y fuerte ni bien la veía avanzar por la acera en busca de su auto para ir a la florería, luego la giraba hacia él y le daba un beso en la mejilla. Ella contenía el aliento pensando que quizá el beso podría desviarse hacia sus labios. No ocurría.

Como no le permitía que la llevase al trabajo, la seguía en el auto y cuando observaba que entraba en *Clovertown*, se iba. Luego volvía por la tarde para invitarla a almorzar, conversaban, se reían, y ella se sentía cada vez más cómoda a su lado. En la noche iba a visitar a Dan durante un par de horas y al final, ella recibía un beso en la mejilla, exactamente como cada mañana. «Al menos no es ya la punta de mi nariz», solía pensar cuando se quedaba deseándolo en silencio.

Audrey no se sentía aun lista para dar el primer paso por sí misma, porque sabía que Max tenía una energía arrolladora, y si tomaba la decisión de acercarse físicamente a él, o de cualquier otra manera, Maximilian querría el paquete entero: ella, su corazón, su cuerpo, su hijo, sin opción a rechistar. Y no era que no pensara que era lo correcto, o lo justo, pero necesitaba un poco más de tiempo…

Max era un padre maravilloso. A veces cuando volvía de la florería, ella lo encontraba en casa porque le había dado el día libre a Mary y él era el que había cuidado toda la tarde de Dan. Audrey le preguntaba cómo era posible que dejara de lado la oficina, y él le respondía que estaba llevando los casos desde el hotel en la noche.

Cenaban juntos. En ocasiones un simple roce, cuando se cruzaban al tomar la jarra de zumo, o un panecillo, le transmitía la corriente de siempre y tensaba el aire, pero él parecía hacer caso omiso, mientras ella sentía cosquilleos en la piel.

Además de conversar y recordar viejos tiempos, él jamás hacía mención a sus sentimientos. Y empezaba a sentirlo como si fuese un amigo. O eso quería creer para no tentar a su suerte, porque el modo en que los labios sensuales de Max se movían al hablar, la argumentación inteligente a cualquier tema, le estaban pasando factura a su intento de controlar la tensión sexual.

Cuando lo tenía cerca, sus hormonas femeninas parecían tener ganas de correr una maratón y estar entrenándose para fundirse con las de él. Y su corazón... Su corazón era un traicionero, porque se aceleraba como si estuviese bombeando vida para tres personas, y no para una sola.

Se llevó una sorpresa muy grande cuando él la invitó a pasar una velada en una terraza llena de flores. *Sus flores* de *Clovertown*.

Él le explicó que el pedido lo hizo su asistente en Londres, quien tenía instrucciones claras de no dejar entrever detalles de quién era su jefe. Max le dejó saber que la cena de esa noche respondía a una necesidad de expresarle cuánto apreciaba su trabajo, así como el hecho de que fuese una mujer capaz de abrirse paso en la vida con su propio esfuerzo, a pesar de la fortuna familiar.

«¿Cómo puedo resistirme cuando tiene este tipo de gestos conmigo…? », había pensado aquella noche.

Las semanas pasaron pronto, y sus barreras se iban debilitando. Fueron a visitar a sus padres y ninguno de ellos hizo comentarios intentando conocer sus sentimientos o saber si habían arreglado sus diferencias matrimoniales. A ella le sorprendió mucho que su padre se mantuviese callado, pues solía soltar lo que se le venía a la mente.

Los domingos pasaban con Daniel e iban de paseo por la ciudad. Max no hizo amago de seducirla y respetaba sus opiniones, como siempre había sido entre ellos. Como si todo volviera a su cauce normal. Solía tener un detalle cada vez. A veces era una alhaja, una caja con sus dulces preferidos… Y ella sentía como si estuviesen en su época de enamorados.

«Quizá confiar en Max de nuevo no fuese tan malo.» Y con ese pensamiento intentaba esforzarse para estar segura de sus sentimientos por él, y no confundirlos con otras emociones.

Max, por otra parte, no sabía cómo lograr que ella se acercara emocionalmente. Le encantaba verla sonreír y discutir sin sentirse amenazada. El tema del divorcio no había salido a flote y él lo agradecía. Llevaban más de tres semanas saliendo juntos e implícitamente se estableció una agradable rutina de verse en la mañana, a la hora del almuerzo si no tenían reuniones, y al anochecer, en una cena en algún restaurante.

Él temía que quizá se acostumbrase demasiado a verlo como un amigo, pero al reparar en la mirada azul matizada de añoranza se calmaba, pues aquellos ojos sinceros le decían algo distinto. Sabía que lo quería, pero le preocupaba que Audrey no lo verbalizara. Los sentimientos de ella parecían estar blindados, y a pesar de que ya no estaba a la defensiva, le costaba romper esa coraza emocional. La entendía, pero no por eso dejaba de resultarle difícil acercarse a su corazón.

Un día tuvieron una discusión peculiarmente incómoda. Era el cumpleaños de aquel *roba-esposas*, Patrick Morris. Ella insistió en que la acompañara. Max tuvo que negarse rotundamente. ¿Pensaba acaso que se podría controlar y no estirar su puño contra la pretenciosa nariz que tenía ese idiota? Imposible.

—Max, no puedo dejar de ir… Es mi amigo.

—Que quiere acostarse contigo —gruñó.

—No importa lo que él quiera. Yo tomo mis decisiones.

—Estás saliendo conmigo —enfatizó en tono posesivo.

—Eres mi esposo, así que técnicamente estamos tratando de arreglar las cosas, no estoy saliendo contigo.

—¿Qué es lo que quieres? ¿Ir a buscar halagos a otra parte?

Ella lo había mirado con advertencia.

—Lo lamento —suspiró Max—. No me hace feliz

que vayas a verlo.

—Yo no hago cosas pensando en enfadarte, lastimarte o hacerte feliz, son mis amigos. Te estoy pidiendo que me acompañes.

—Yo confío en ti, aunque no en él. Si quieres ir, ve.

—Max...—lo miró con aquellos ojos azules impregnados de dulzura.

Tuvo que hacer acopio de su fuerza de voluntad para no acceder. Él no iba a controlar sus ganas de golpear a ese hombre. Lo tenía asumido y no quería hacerle pasar a ella un mal rato o darle motivos para que mandara al diablo esas tres semanas de acercamiento.

—Quiero repasar un par de documentos más tarde. Si necesitas que vaya a recogerte, por favor, llámame. ¿De acuerdo?

—Max...

Él la había dejado en casa y luego arrancó a toda prisa.

***

Cuando la acompañó, al día siguiente de la dichosa fiesta, hasta el trabajo, Audrey estaba extraña. Max esperaba que ese imbécil no hubiera empezado a meterle ideas en la cabeza. No dudaría en ir personalmente a ajustar cuentas. No pudo conciliar el sueño en toda la noche pensando en lo que podría ocurrir en esa reunión, pero tenía que obligarse a confiar en las decisiones de Audrey y refrenar sus ganas de ir a mostrarse territorial.

Audrey por otra parte, no podía contarle a Max

que Patrick bebió de más e hizo todo un espectáculo con sus bohemios amigos, que lo alentaron a que le declarase su amor en público. Pasó una gran vergüenza sumado a que la pobre Corrine Blawster observaba boquiabierta cómo el hombre de quien estaba enamorada se declaraba ante una considerable audiencia a otra persona.

Patrick, no contento con eso, cuando casi todos se fueron, se acercó y la abrazó durante largo rato. Le recordó todas las ocasiones en que había sido su apoyo, diciéndole que no comprendía por qué no podía corresponderle.

—Pat, estás ebrio —había dicho en su defensa intentando quitárselo de encima. Pesaba muchísimo más que ella.

—Eso no me impide amarte —había replicado sentándose sobre uno de los asientos blancos de cuero del lujoso departamento que tenía en una exclusiva zona de la ciudad.

—No quiero decir nada que pueda herirte porque es tu cumpleaños y he venido porque me parece que quedamos claros en que intentarías olvídate de ese tema. De otro modo, me habría quedado en casa.

—Te quiero —había susurrado robándole un beso, ante el cual no pudo defenderse—. Prometo ser el mejor esposo del mundo. Cásate conmigo, no tendrás quejas. Inclusive puedo aprender a ser más ordenado. ¿Qué tal eso?

Ella se quedó inmóvil por el beso más que por la declaración.

—Me tengo que ir, Patrick. Mañana te olvidarás

de todo esto.

Él pareció darse cuenta que había llegado demasiado lejos. Apoyó la cabeza en el hombro de Audrey.

—Lo siento… —murmuró—. Lo he vuelto a arruinar, ¿verdad?

—Deja que Corrine te cuide.

—No quiero a… —dio un suspiro cansino—. Le gustan los museos y está loca por trabajar en la *Uffizi Gallery* de Florencia, pero no eres tú… En fin, vete si tienes que hacerlo, Didi.

Cuando ella se incorporó, la retuvo de la muñeca.

Audrey lo observó y parecía tan afligido que la conmovió.

—Irás a mi exposición, ¿verdad? No me castigues no yendo. Para mí es importante.

—Sí, Patrick, iré. No es un castigo el que mereces, sino darte cuenta de que estás desperdiciando la oportunidad de aceptar el amor de alguien que podría dártelo en la medida que lo necesitas… —dirigió una mirada a Corrine, y Patrick siguió su mirada. La muchacha de cabello negro conversaba con un par de amigos y se giró de pronto, al sentirse observada sonrió con timidez—. Iré, pero tendrás que comportarte. Invitaré a Max como me dijiste.

Patrick observó las facciones de Audrey.

—¿Se han reconciliado del todo?

Ella suspiró.

—Aun no le he dado una respuesta, pero lo más probable es que le diga que sí…

Él se incorporó tambaleante.

—Está bien. Los veré ahí. Estoy seguro que te gustará mi exposición. Y a él mucho más mi trabajo, porque es impecable y he vertido muchas emociones.

—No me avergüences con Max.

—¿Cómo lo haría? Es una exposición. Mi trabajo —replicó ofendido.

—Lo sé..., no quise decirlo. Te veo en unos días, Pat, ¿sí?

—Adiós… —se había despedido con un dejo de nostalgia.

Después de esa conversación no podía estar alegre, quizá Max lo notase quizá no. Y si acaso sentía curiosidad por la fiesta no hizo preguntas, en cambio se limitó a conversar como siempre. En la noche fueron al restaurante *James Street South*. Una delicia en comida francesa y británica.

Él había reservado todo el privado, que podía dar cabida a cuarenta personas, solo para ellos. Una extravagancia que él justificó diciendo que necesitaba buena comida y privacidad, y se negaba a carecer de la segunda.

—¿Cómo marchan tus asuntos legales? —preguntó ella mientras probaba la sopa de zanahoria con crema espesa.

Elegantemente vestido con su terno de Salvatore Ferragamo, y zapatos a juego, bebió un sorbo de whisky.

—Estoy en medio de un caso muy complejo de una fusión. Una compañía danesa ha comprado una naviera en Southampton, estamos organizando los documentos, porque hay socios irlandeses, así que tenemos que contemplar varias jurisdicciones legales para manejar el tema. Vamos a tener una buena comisión de ingresos.

—Me alegro, Max.

El mesero trajo el segundo plato. *Risotto* de hongos con crema fresca de trufas. Una delicia gourmet.

—Estás particularmente callada. ¿Mi hijo está bien, verdad?

Ella sonrió, y las ganas que tenía de besarla cada vez eran más difíciles de contener, así que Maximilian prefirió dar cuenta de su *risotto*.

—Lo viste hace poco, claro que está bien. Max, quería…

—Ha pasado casi un mes desde que hemos retomado el contacto… ¿Has tomado una decisión respecto a nosotros, Didi?

Iba a decirle que sí, pero no sentía que fuese el momento apropiado para hacerlo. Al menos no después del espectáculo de Patrick el día anterior. Lo mejor sería responderle después de la exposición.

—Max… hablemos mañana al respecto, ahora prefiero disfrutar la cena. ¿Está bien?

Él achicó los ojos intentando deducir algo, pero luego se relajó.

—Muy bien.

—Quería saber si podrías acompañarme a *Ross*, pasado mañana.

—¿Qué hay en la galería?

Ella se aclaró la garganta.

—Patrick me ha invitado a su exposición. Ha trabajado muy duro por esta oportunidad.

—Audrey…

—Le dije que iría contigo. ¿Me acompañarás esta ocasión? —preguntó algo nerviosa.

—Habrá mucha gente, así me será más fácil contener las ganas de estrangular a ese *roba-esposas*.

Ella se echó a reír.

—¿Así lo llamas?

—No merece otro nombre enfrente de una dama —replicó con un gruñido.

—Gracias, Max.

—Ahora termina tu *risotto*.

—Qué mandón…

—No me tientes a demostrarte cuánto — respondió mirándole los labios como si del postre se tratara.

—Max… —susurró.

Él bebió de su copa.

—Lo sé. No hablaremos del tema —dijo casi con resignación—. Comprendido.

—Dame solo…

—Mañana, Didi.

—Sí. No me presiones, Max.

—No dudes tanto.

—La decisión es importante.

Él posó su mano sobre la de su esposa.

—Lo sé…

Al finalizar la velada, el mesero llegó con la cuenta, y en un gesto rápido Audrey deslizó su tarjeta de crédito. Max la retuvo e interpuso la suya.

—Quiero pagar mi cuenta, Max —exigió.

—Jamás una mujer, menos mi esposa, va a pagar

la cuenta mientras salga conmigo.

—Ya te he dicho que no estoy saliendo contigo. Técnicamente nosotros… —El mesero los observaba con curiosidad a uno y otro. Audrey le entregó las dos tarjetas de crédito—. Señor, cobre la mitad de la cena de una tarjeta y la mitad de la otra. ¿Sí?

Max la observó furioso.

—No me parece… —rezongó.

Ese momento le recordó cuando Audrey y él salían juntos antes de casarse. En varias ocasiones ella quiso demostrarle, pagando la cuenta, que era capaz de cuidar de sí misma. Él ya lo sabía, no necesitaba gestos aclaratorios. Aunque se sintió molesto aquellas veces, igual que ahora, respetaba el carácter de Audrey y era uno de los motivos por los cuales estaba tan enamorado de ella. Pero su sentido de ser un caballero le impedía admitir que Audrey pagara algo estando a su lado.

—Haga lo que he pedido, por favor —se dirigió Audrey al mesero, quien al ver el rostro furioso del elegante abogado prefirió correr con las tarjetas de crédito y acatar la orden de la señora.

A veces, Audrey podía llegar a ser bastante obstinada con su asunto de la independencia, sin embargo, ahora lo hacía para remarcarle que aun no consideraba las cosas zanjadas del todo entre ellos.

—Será la última vez que permito que pagues, cualquier cosa, mientras yo estoy contigo —dijo Max.

Ella enarcó una ceja. La equidad era importante en una relación.

—No me tientes, Max.

Él sonrió al verla enfadada y notó cómo fruncía el ceño al notar su cambio de humor. Audrey no comprendía aun cuánto lo afectaban su belleza y su encanto; toda ella.

—Ni tú tampoco… —replicó con un tono peculiarmente bajo y sensual.

CAPÍTULO 8

La galería estaba abarrotada de elegantes invitados. Audrey lucía un vestido morado que se anudaba en el cuello, y mostraba la piel de la espalda. El largo de la prenda le llegaba hasta la rodilla en la parte delantera y hasta el piso en la cola. Era un sueño de seda de *Stella McCartney*. Y sus zapatos de tacón de aguja plateados de *Christian Louboutin*, iban acompañados por el brillo delicado de los aretes de diamante, los cuales le brindaban un toque elegante. Max no podía apartar los ojos de la hermosa visión que representaba su mujer. Porque era suya. No importaba que hubiera o no papeles de por medio, Audrey le pertenecía, y él a ella. Esperar más días hasta que le diese una respuesta estaba matándolo, pero no podía hacer nada.

«Mañana», se dijo para calmar su incertidumbre.

—¿Te he dicho que esta noche me has

deslumbrado? —le susurró Max al oído cuando llegaron.

Ella se rio.

—Estás muy galante, Max. —Se fijó en el traje de su esposo. Un *Tom Ford*. Lucía guapísimo con el cabello perfectamente peinado hacia atrás, y el perfume *Light Blue* de *Dolce & Gabbana* estaba a punto de colapsar sus hormonas. Podía entender que las miradas de las mujeres de la sala no dejaran pasar la oportunidad de mirarlo con apreciación, y otras intenciones que ella prefería ignorar—. Gracias.

—Digo la verdad —replicó colocando su mano cálida en la espalda de Audrey, mientras avanzaban al interior de la galería. Un escalofrío placentero recorrió la piel desnuda de Audrey cuando él la tocó.

Se miraron y saltaron chispas. Sus cuerpos empezaron a acercarse más, hasta que los labios de ambos estuvieron a unos milímetros de distancia. Audrey solo tenía que acortar el espacio mínimo que los separaba para besarlo. Y de algún modo eso le daría una respuesta a Max...

—¡Audrey estás magnífica! —exclamó Patrick llegando hasta ellos, rompiendo la magia—. ¡Gracias por venir!

—Hola, Pat —contestó ella, alejándose de Max, ruborizada—. Apenas hemos llegado. Todo luce precioso.

A Maximilian no le hizo gracia ver que ella se avergonzara de estar a su lado. O eso era lo que podía interpretar, pues hizo ademán de querer deshacerse de la mano que él tenía en su espalda. Él no insistió y la alejó, pero su buen humor acababa de esfumarse. Sentirla esquiva no era un buen indicio.

—Gracias —le sonrió Patrick. Luego se giró hacia Maximilian, y la sonrisa se borró—: Bloomberg. —Estiró la mano.

—Morris —replicó Max, estrechando la mano del artista.

—La exposición, como pueden ver, empieza de atrás hacia adelante. La temática, aunque ya debieron leerla en la cartilla, se llama *Cuore*, al igual que el cuadro principal.

—Corazón. Qué nombre tan sencillo y completo al mismo tiempo —murmuró Audrey.

—Exactamente. La obra maestra la terminé hace no mucho y está en la mitad. Me gustaría quedarme a conversar —dijo mirando significativamente a Audrey, a pesar de la mirada asesina de Max—, pero tengo que saludar a mis patrocinadores.

—Claro, Pat.

—Nos vemos. —Dedicó una última mirada burlona a Maximilian, y luego se perdió entre sus invitados.

En silencio, los Bloomberg recorrieron la galería. Max diría sobre Patrick que era un imbécil, pero tenía maña en el arte, lo reconocía. Se toparon con varias personas que se mostraron encantados de verlos juntos, otros no tantos, y claro, Jasmine y Catriona estaban listas para dar rienda suelta a sus comentarios.

Audrey sintió alivio de que ese par no hiciera comentarios sobre la supuesta amante de Max.

Hubiese sido de pésimo gusto hacer una observación de esa naturaleza, y ellas procuraban mantener su estilo instigando en privado. Después de alabar a Max, preguntar tonterías legales y apreciar el atuendo de Audrey, el par de zorras se alejó.

Max comentó los cuadros, y se detuvo también a saludar a quienes se acercaban.

Audrey se sentía incómoda porque le parecía que ya había pasado el tiempo suficiente para tenerla certeza de que quería estar con él y detener la demanda de divorcio. Había estado a punto de besarlo en plena galería, y eso la cohibió un poco. El hecho de saber que Patrick los vio tan cerca, le produjo un sonrojo, pues tampoco era su intención que su amigo se sintiera mal.

Dos hombres importantes en su vida que la tenían en disyuntiva. ¿Quién lo habría imaginado? Pero al finalizar la velada hablaría con Max.

Si su esposo estaba esforzándose, ella también podría poner de su parte y darle la respuesta que él necesitaba escuchar, y Audrey, expresar. La tensión sensual entre ambos era demasiado intensa para mantenerla a raya más tiempo. Ella lo deseaba como estaba segura que le ocurría a Max.

Estaban caminando hacia el centro de la exposición, cuando Audrey alcanzó a ver el cuadro principal, iluminado en la mitad de la galería, donde confluían las dos columnas de cuadros. Quiso que la tierra se abriera y desaparecer. «¿Qué has hecho Patrick...?».

Max se detuvo abruptamente provocando que ella

tropezara contra su físico atlético. Él la sostuvo de los hombros y luego la soltó con brusquedad.

La mirada que le dirigió lo dijo todo.

—Max… —susurró lívida.

—Así que *Cuore*. Encantador, la verdad —replicó observando la obra con desdén y también decepción. El corazón de Audrey se desbocó y ella sintió la garganta seca.

Fijó la mirada en la pintura.

El cuadro representaba una habitación infantil bañada de luz. Las tonalidades jugaban con una gama de azules. Los elementos de la estancia estaban en un ligero relieve, destacando la figura central. Una mujer de ojos azules que irradiaban dedicación, amor y ternura. El bebé no era identificable salvo por destellos del cabello rubio que poseía. La modelo del cuadro estaba dándole de lactar al niño y lo observaba embelesada, mientras con una mano sostenía la cabecita de su hijo y con la otra manipulaba su pecho que estaba pintado de una manera brutalmente realista y se atisbaba un ligerísimo y sutil trazo de un oscuro pezón.

La modelo era ella. Solo que jamás había posado para Patrick.

La imagen transmitía pureza y dedicación, y si no estuviese tan asombrada y enfadada podría decir que *Cuore* era precioso y abrumador. Era la proyección de cómo su mejor amigo la imaginaba. Un amor profundo demostrado de un modo tal que iba a arruinar sus posibilidades de arreglar su matrimonio. «Así que ese era el plan de Patrick para decirle lo mucho que la amaba, consciente de que Max estaría en esa exposición.»

Lo único que diría en favor de Patrick era que el rostro de la mujer rubia tenía sus ojos, pero él se había encargado de cuidar que las facciones estuviesen un poco distintas a las suyas, pero Max no era ningún estúpido.

Los visitantes observaban el cuadro asintiendo y alabándolo. Para ella como si la sala estuviera llena del zumbido de las abejas. Necesitaba que su esposo la mirase.

Audrey elevó el rostro hacia Max, temblorosa. Él estaba a su lado, sin tocarla.

—¿M... Max?

Todo signo de calidez en la mirada de Max se había esfumado. Él continuaba analizando el cuadro en silencio. Un silencio que resultaba ajeno a Max, salvo cuando estaba muy furioso. Ella sabía que estaba más que solo enfadado. La tensión volcánica que emanaba era palpable.

—Dime, querida —dijo casi como un insulto. Sus ojos estaban clavados en la pintura.

«Esto no puede estarme pasando.» Él jamás la llamaba así... Justo cuando decidía que su matrimonio podía funcionar, cuando ya no tenía dudas, ocurría esto.

—Max, no soy yo —susurró colocando la mano sobre la pechera derecha del traje.

Él bajó la mirada hacia su mano, y ella dejó de tocarlo. Le dolió su rechazo. Max volvió la atención a la obra central de la exposición, antes de hablar.

Un orgullo tonto

—Para un ojo ignorante, por supuesto —dijo—. En especial, los que no conocen la habitación de Daniel y no han visto que ese reloj del cuadro, la cuna que apenas se ve, y los juguetes dispersos son los que están en la estancia donde duerme mi hijo. Entonces podemos deducir —quitó la mirada del cuadro y finalmente la centró en ella con frialdad—, que la modelo, aunque ligeramente distorsionada en sus facciones originales, eres tú. Los pechos suaves y cremosos también son los tuyos —expuso con voz desapasionada y peligrosa.

El corazón le latía con ferocidad mientras él hablaba.

Max tenía ganas de arrancar el cuadro y hacerlo mil pedazos. Su autocontrol estaba en los mínimos. Quería tomar a Audrey y demostrarle del modo más primitivo y básico que ella le pertenecía, pero lo último que haría era revelarle cuánto le dolía ese cuadro. «¿Cómo se atrevió a compartir un momento como ese con otro hombre, con su hijo en brazos?». Eso era algo que no podía soportar.

—No lo soy, no lo soy —insistió con voz quebrada. No podía derrumbarse en medio de un evento como ese. «¿Por qué, Patrick? Me has arruinado la vida», lamentó.

Max dio un paso hacia atrás y ella sintió que el mundo se tambaleaba.

—Si tú lo dices…

—¿Vas a creerme?

—En esta oportunidad —replicó mordaz—, me parece que tengo una prueba frente a mis ojos.

Posaste para él, mientras le dabas de lactar a *nuestro* hijo. Algo tan íntimo como eso. ¿Qué debería hacer, Audrey? ¿Quieres que vaya a felicitar a tu amante? ¿Eso es lo que esperas?

Ella sentía cómo las lágrimas le quemaban los ojos, pero no podía dejarlas caer.

—Créeme, por favor. Te digo la verdad. No posé para Patrick. —Él la tomó del codo con firmeza, y la guio hasta que empezaron a salir de la galería, despidiéndose con fingida amabilidad de quienes los saludaban.

Cuando llegaron al parqueadero él la soltó como si su toque lo asqueara.

—Está bien.

—¿Eso es todo lo que vas a decirme?

Lo miró a los ojos, pero Max rehuyó hacerlo.

Audrey se abrazó a sí misma. La chaqueta que se puso no podía protegerla del frío que sentía en el alma, y la preocupación por su frágil relación con Max hizo que sus dientes empezaran a castañear. Apretó la mandíbula intentando contener el temblor.

—No estoy buscando una pelea.

—¿Entonces qué estás buscando?

—Tú eres la que estás explicándote. Yo no te lo he pedido.

—Aun tenemos pendiente una conversación...

Él le abrió la puerta de acompañante del automóvil, y luego subió al asiento del conductor. Encendió la calefacción.

—¿Si? —Encendió el motor.

—Max..., por favor.

Un orgullo tonto

—Por favor, ¿qué? La verdad, Audrey, en este preciso instante lo último que deseo es escucharte.

Max trataba de enfocarse en conducir, pero la furia invadía sus sentidos. Tenía ganas de romper algo o insultar de mil formas. Y si intentaba hablar estaba seguro que diría algo de lo que podría arrepentirse.

Podría asegurar que Audrey no contaba con que Patrick hiciera esa jugada. Pero no sabía si creer o no que el amigo de su mujer hubiese presenciado un momento tan íntimo. Y eso lo corroía por dentro. Los celos eran un enemigo terrible.

Al menos ahora comprendía porqué ella estaba tan reacia a dejar que la tocara frente a Patrick. Seguía sin decidirse qué hacer con su vida matrimonial. Estaba decepcionado, pero no iba a imponerle a Audrey una presencia con la que se sentía incómoda. Quizá estuviese mejor con su amigo, después de todo eran contemporáneos y la conocía desde que era muy pequeña.

Cuando llegaron a la casa de Audrey, ella descendió del automóvil y Max la acompañó hasta la puerta.

—¿Quieres pasar? —preguntó insegura.

—No tengo ganas de hablar sobre la exposición, Audrey. Necesito descansar.

Ella quería abrazarlo y pedirle que la amara, que no se fuera de su lado.

—Buenas noches, querida —dijo antes de empezar a girarse.

—Max, espera —le puso la mano en el brazo. Él

se detuvo—. No posé para él. Por favor, créeme.

Él suspiró sin dejar de observar el labio tembloroso de Audrey. Quería besarla, abrazarla, pero una vez que empezara no se saciaría con un beso ni con una caricia leve. Lo quería todo. Quería hacer el amor mostrándole cuánto la quería, pero aquello no lo conduciría a ninguna parte. Al menos no cuando Audrey no le había dado una respuesta sobre la demanda de divorcio, y cuando el hecho de que otras personas los vieran juntos la avergonzaba. Eso no iba a tolerárselo. No se sentía en su mejor estado mental para analizar más las cosas.

Necesitaba alejarse y pensar en soledad.

—Audrey, no importa. Ya es tarde y tengo una junta muy importante mañana. Tendré que leer unos documentos y no sé si alcance a venir temprano.

«¿Era su forma de despedirse?», se preguntó aterrada ante la idea de perderlo. No podía perderlo ahora que sabía con toda certeza que lo amaba más que antes, lo necesitaba. Y su hijo, también necesitaba a su padre.

—Yo… Max…

La observó un largo rato, como si estuviese aprendiéndose nuevamente su rostro hermoso.

—Buenas noches, Audrey. —Se inclinó y la besó en la frente.

Sin darle opción a nada caminó hacia su automóvil y arrancó. Ella se quedó un largo rato bajo el frío de la noche, en el umbral, con la mirada perdida por donde Max y su automóvil habían desaparecido.

Un orgullo tonto

***

Ella no había podido dormir, así que en las primeras horas del día le pidió a Francesca que se hiciera cargo de la florería. Luego llamó a Patrick. Él se disculpó profusamente cuando la escuchó por primera vez, en todos los años de amistad que tenían, gritarle e insultarlo de un modo bastante consistente.

—Solo quería demostrar que te amo —se excusó.

—¡Eres un idiota, egoísta e inconsciente! Acabas de arruinarme la vida. ¿Sabes dónde debe estar Max?

—No me interesa dón…

—¡Debe estar quién sabe haciendo qué con la primera mujer que se le pone en frente! ¿Sabes por qué? ¡Porque le has dado la carta perfecta para ello y para que se aleje de mí! Tengo que encontrar el modo de que me crea que no posé para ti. ¿De dónde sacaste la idea de hacerme semejante jugarreta?

—No, no, escucha, voy a arreglarlo… Voy arreglarlo. Mi modo de demostrar emociones es con mi trabajo, Audrey. No quería que pensaras que no iba en serio.

—Nunca pensé que no fueras en serio, Patrick, pero jamás imaginé que pudieras arruinar mis posibilidades con Max deliberadamente. Te dije que te necesitaba, pero no para que actuaras de este modo. Si tengo que arruinar mi matrimonio, créeme que no necesito ayuda.

—Dijiste que estabas decidiéndote si querías...

—¡Pero no necesitaba tu empuje para que fuese Max quien mandase todo al diablo! ¿Por qué todo tiene que girar a tu alrededor a veces? ¿Por qué? Te dije que solo puedo verte como un amigo. Acabas de echar por la borda inclusive eso.

—Antes de que llamaras estuve tentado de hacerlo primero.

Ella puso los ojos en blanco.

—¿Y?

—He decidido aceptar una oferta para ir a trabajar a Florencia.

Audrey se quedó en silencio.

—Me parece bien. Pero eso no arregla lo que has hecho.

—Yo... trataré de arreglarlo —replicó preocupado. Sabía que hizo mal exponer ese cuadro conociendo lo posesivo que era Maximilian con Audrey, y que quizá ella pudiese sentirse incómoda—. ¿Te sentiste ofendida con la pintura?

Ella se exasperó.

—La pintura es preciosa, pero acaba de destruir la frágil relación que tenía con mi esposo. Acaba de sonar el timbre. Quedas advertido, no quiero saber de ti en un largo tiempo. Hasta que te cases si es preciso —escuchó un suspiro del otro lado—. Vamos a ver cómo logro salir de esta.

—Didi..., lo siento.

—Yo también lo siento por nuestra amistad —declaró antes de tirarle el teléfono.

Recibió el sobre de *DHL* con la misma indiferencia que recibía las cuentas de la luz, el teléfono, el gas y el arriendo. Los días anteriores no se había estado sintiendo muy bien. La situación con Max la tenía apena.

Dejó el sobre en la mesa de la biblioteca y fue a hacerse un café, porque era la tercera mañana que devolvía su desayuno. Salir a comer cada vez a un restaurante distinto estaba afectándola. Cuando llamó al médico el día anterior, le sugirió que cambiara su dieta por algo más blando hasta que su sistema volviera a estabilizarse y que se limitara a las ensaladas y obviara las carnes rojas, los cítricos y otros alimentos pesados.

Arregló un poco la casa, mientras se bebía el café a intervalos.

Su estómago no protestó de nuevo, pero de todas maneras se sentía algo extraña. Se sirvió una taza más de café y fue a la biblioteca para abrir la correspondencia. Le había dado a Mary el día libre para que fuese a hacer recados personales, así ella estaría sola intentando encontrar el modo de abordar a Max y decirle que quería permanecer a su lado y trabajar juntos en recuperar su matrimonio. Dan estaba dormido en su cuna. Así que ella empezaría a ordenar las facturas atrasadas.

Instalándose en el sillón acolchado sacó los papeles del sobre. Empezó a leerlos, y al mismo tiempo los dedos le temblaron.

Se quedó atónita.

Aquello no se lo esperaba en absoluto. Lo de anoche había sido un mal entendido, pero al parecer Max pensaba de un modo totalmente distinto.

Max le había devuelto los papeles de divorcio. Firmados.

Sintió como si acabaran de partirla en dos. Un

dolor casi físico que no podía describir la sobrecogió. Las lágrimas empezaron a caer una tras otra, sin poder creer lo que acaba de suceder. Justo cuando más deseaba volver con Max y rehacer su vida juntos ocurría este desastre.

Estaba legalmente divorciada, porque sabía que Max enviaría esos papeles de inmediato a la corte. Con sus influencias, los trámites que tardaban semanas, se harían en días… Días para dejar de ser la esposa de Max.

***

Max estaba de un humor insoportable.

Lalike había recibido el mismo número de órdenes y contraórdenes de su jefe por teléfono, y por Skype. Los abogados no se acercaban a su despacho. Y él estaba hecho un desastre, porque su cabeza no lograba conectar con sus casos.

Se había levantado pensando en lo mejor para Audrey, y quizá sería estar con un hombre como Morris, que era evidente que la amaba. Nunca más que él, pero al menos no le causaría tanto dolor como lo había hecho él —por imbécil— en el pasado. Estaba seguro, luego de pasarse toda la madrugada en vela, que ella no había posado para Patrick. Dios, cómo dolía asumir que ahora sería su exesposa… que otro tendría el camino libre. Pero la quería demasiado y dejarla ir era lo mejor.

—Señor Bloomberg, tiene una visita —dijo Wendy, su asistente en Belfast, por el teléfono interno.

Al menos con la interrupción, él pudo dejar su

torbellino mental.

—No tengo nada agendado.

—Lo sé, pero lo ha venido a ver el señor Patrick Morris.

—No estoy…

—¡Ya lo creo que sí! —expresó el fantasma de su relación con Audrey apareciéndose en su puerta, mientras Wendy intentaba darle razones a Patrick para que no lo hiciera.

—Déjalo —ordenó Max—. Cierra la puerta al salir, Wendy.

—Como usted diga.

Patrick se fijó en la oficina. Resplandecía en opulencia. Él estaba habituado a ello, tan solo que a los lujos y libros caros de leyes se sumaba la arrogancia del esposo de su amiga. Un detalle insoportable, pero estaba ahí para enmendar lo que había causado o al menos iba a intentarlo.

Max no le dio tiempo a Patrick de que continuara inspeccionando su oficina, y como si hubiera sido impulsado por un rayo se puso en pie. Cuando Patrick estiró la mano para saludarlo, Max respondió dándole un puñetazo en la mandíbula que hizo trastabillar al irlandés. Patrick no respondió al puñetazo como Max esperaba para poder así descargar todo el enfado acumulado de las últimas horas.

Pat sentía que ese derechazo se lo tenía merecido.

Max maldijo y se alejó al mini bar para servirse un vaso de whisky doble.

—¿Qué es lo que quieres? —prácticamente

escupió las palabras, mientras Patrick se limpiaba el hilillo de sangre de la boca.

—Vaya, buenos días a ti también.

El afamado pintor lucía elegante con el pantalón de vestir caqui y camisa blanca *Hermès*, no pedía favores a la apostura que destilaba Max, pero este último poseía un aire más imponente.

—No me hagas perder el tiempo, Morris. Si quieres responder a mi puño entonces hazlo, sino dime qué quieres y luego puedes largarte por donde viniste.

—Estoy aquí porque se lo debo a Audrey. De otro modo estaría tranquilo con mis cosas sin tener que amargarme el día viéndote, Bloomberg.

Max apretó los dientes por la mención de su espo… de Audrey en boca de él.

—Lo que sea. —Se bebió el whisky de un solo trago y lo miró con hostilidad.

—Ella no posó para mí. Fue algo que imaginé… digamos una inspiración. Claro que he visitado a Daniel en su habitación, pero porque Audrey estaba haciendo llamadas o algo así. Jamás ha ocurrido nada físico entre nosotros. Me gustaría decirte lo contrario —Max gruñó algo por lo bajo—, pero sé que estaría difamando a Audrey, y aunque hacerte daño a ti no me importa nada, ella es otra cosa.

Max lo miró con desdén sin dejar traslucir el gran alivio que sintió con las palabras sobre la verdad detrás de ese cuadro.

—¿Y esta confesión a qué viene?

—Me marcho a Italia.

—Esa es una buena noticia —dijo irónico.

—Audrey está muy enfadada por el cuadro y no quiere saber de mí. No puedo cambiar por ahora mis sentimientos por ella, así que prefiero alejarme hasta que pueda hacerlo…

Max dejó el vaso vacío a un lado y flexionó los dedos como si estuviera pensando en golpearlo de nuevo. Como si leyera sus intenciones, Patrick decidió que en esta ocasión le devolvería el golpe.

—Le di el divorcio esta mañana. Firmé los papeles. Es libre.

Patrick se quedó desconcertado.

—¿Después de haberla cortejado todas estas semanas te diste por vencido?

—*Jamás* me doy por vencido, pero sé tomar decisiones cuando le convienen a la contraparte.

—¡Dios! —se frotó la cara con las manos—, vaya par de estúpidos estamos hechos. Escucha Bloomberg, no me caes particularmente bien…

—Es mutuo.

—Asumido. Pero acabas de cometer un gran error. Ella te quiere a ti, no sé por qué motivos. —Max lo miró con fastidio—. Hoy hablé con ella en la mañana y créeme que nunca la había escuchado tan enfadada ni maldecir tanto. Creo que al colgar fue cuando recibió tu sobre…

—Demonios.

—Yo de ti…—se aclaró—, pues intentaría arreglar este entuerto. He hecho mi parte. Me disculpé con ella, y te he venido a decir a ti la verdad…, la merezcas o no. Que le hayas dado el divorcio... Bueno, ya sabrás que haces.

—¿Morris? —lo llamó, cuando el artista estaba listo para girar el pomo de la puerta—. Piérdete lo más lejos que puedas, porque si no puedo conseguir que Audrey vuelva conmigo, te buscaré hasta el confín del universo para romperte esa mano con la que trazas tus líneas de colores.

Patrick sonrió.

—Confiaré en que consigas tu objetivo entonces... si no, volveré de Florencia e intentaré conquistar a Audrey.

Max avanzó hacia él de modo amenazante con toda su elegante estatura.

El amigo de Audrey se encogió de hombros.

—Adiós, Bloomberg.

***

Cuando Patrick llegó a su estudio aquella tarde, tomó una decisión. Quizá era el momento ideal para iniciar una nueva vida en todos los sentidos. Corrine seguro se sentiría feliz de que él tuviese buenas conexiones con el director de la *Galería Uffizi* y pudiese agendarle una entrevista en el lugar en el que ella soñaba trabajar.

Con una sonrisa marcó el número telefónico de la hermosa mujer de cabello negro.

Quizá Corrine no conocía la diferencia entre un Monet y un Renoir, ni entre un Degas de un Tiziano, pero tenía un gusto exquisito para la organización de eventos en las mejores galerías que él conocía en el Reino Unido, Francia y Holanda. Invitarla a viajar con él no era una mala idea.

De hecho, era la mejor idea que había tenido en un largo tiempo.

Dos horas más tarde, Patrick tenía dos boletos con destino a Florencia, y una gran sonrisa que espera que permaneciera en sinergia con su corazón.

CAPÍTULO 9

Audrey recibió la llamada de Max tres días después de que tuviera los papeles firmados. Escuchar su voz estuvo a punto de llevarla al borde las lágrimas. Él sonaba tan apenado, y para ella fue como revivirlos días en que se habían separado meses atrás.

Angustia. Aquella era la sensación correcta para describirlas setenta y dos horas, desde que él le firmó el divorcio. Si ella no hubiese esperado a la exposición y le hubiese dicho que quería permanecer casada con él, quizá las cosas no se habrían ido de las manos. Max no estaría dolido y el divorcio no existiese.

Se sentía culpable, y el hecho de que Max la llamara le daba una esperanza, pero no quería apresurarse en sacar conclusiones.

—Audrey… —se escuchó un silencio prolongado. Su voz aterciopelada y grave era la causante de que su piel vibrara—. El teléfono no es mi mejor aliado para explicar el porqué firmé esos papeles. Me gustaría ir personalmente, pero estoy retenido en medio de un caos de documentos por esa fusión de la cual te hablé el otro día. He dormido en la oficina prácticamente.

—Yo…

—¿Puedes quedar conmigo esta noche?

—No lo sé…—se mordió el pulgar.

—Por favor —susurró con voz desesperada—. Necesitamos hablar. Ayer estaba agobiado y muy enfadado. No puedo mantener mi vida personal en caos, y mi trabajo en las mismas condiciones. Puedo tolerar la segunda, pero mi parte emocional ya se ha resentido suficiente estos meses lejos de ti.

—Fue mi culpa… —dijo bajito.

—¿El qué?

—Lo que ocurrió en la galería. Lo siento.

—No fue tu culpa, dulzura. Veámonos esta noche. Necesitamos hablar.

—Tú crees que posé...

—Sé que no lo hiciste. Solo estaba enfadado.

Se escuchó un suspiro de alivio por parte de Audrey. Él era ajeno a las elucubraciones que la mente femenina empezó a trazar en ese instante.

El silencio se prolongó.

—¿Audrey?

—Está bien.

—Me vino a ver Patrick —por primera vez escuchó maldecir a Audrey como un marinero de los barrios bajos, y quiso reírse. Se contuvo—. Te contaré sobre eso. ¿Una cena entonces?

—¿A qué hora? Es que tendría que pedirle a Mary que se quedara con Daniel.

—Paso por ti a las ocho. Además de nosotros, hay algo importante que he querido comentarte desde hace un tiempo, y no he tenido oportunidad de hacerlo. Creo que hoy será apropiado.

—De acuerdo, Max.

***

Se decidió por un vestido azul eléctrico *strapless*, unos zapatos de tacón a tono y por supuesto, diamantes en sus orejas. Pequeños, porque no era ostentosa, pero brillaban lo suficiente como para adornar y destacar. Se hizo un sencillo tocado en forma de rosca y se perfumó con esencia de jazmín porque era su favorita. Y esa en especial se la había enviado un cliente francés.

Max, al verla, quiso besarla hasta perderse en su dulce sabor. Pero primero necesitaba que ella se diera cuenta de sus sentimientos. Quería volver a ser su amante, compañero, amigo y esposo. No solo un padre para Dan, y los hijos que vinieran. Si de algo estaba seguro era que quería una gran familia. Deseaba también que la promesa que se hicieron ambos al casarse cobrara sentido nuevamente, a pesar de la contrariedad causada por Patrick Morris.

Temía que ella nunca se atreviera a decirle lo que sentía. Ahora solo faltaba un empujoncito para que lo deseara lo suficiente como para dar el primer paso y acercarse físicamente, luego él haría el resto.

—¿Te he dicho alguna vez que eres la mujer más

sexy y guapa del mundo?

Ella sonrió, feliz de verlo.

Max había dormido poco las últimas noches, y no solo a causa de Audrey, sino porque los abogados que estaban trabajando en la fusión de la naviera iban retrasados. Tuvo que rehacer cinco cláusulas y consultarlas con la junta de los socios encargados del caso, varias veces. No estaba en su mejor momento, pero no podía dejarle creer que la quería lejos de su lado.

—Dame los papeles de divorcio, por favor —le pidió Max.

Ella lo observó sin comprender. Se encogió de hombros y fue hasta la biblioteca, tomó el sobre y se lo entregó. Max, sin abrirlo, lo rompió en cientos de pedacitos que luego fue a botar al cesto de la basura.

Audrey lo miró curiosa.

—Ahora seguimos casados, porque no voy a enviar esos papeles a la corte para que se hagan efectivos —declaró Max con un tono sombrío—. Y aun tienes que darme una respuesta.

Ella se mordió nerviosa el labio inferior.

—¿Por qué firmaste los papeles, Max…?

—Me gustaría explicártelo en la cena —replicó sombrío.

***

El hotel estaba atestado de huéspedes. Todos muy elegantes. Los hombres miraban con envidia a Max, y las mujeres con antipatía a Audrey. Juntos eran una pareja hermosa. Cuando se sonreían el uno al otro, saltaban chispas, y no pasaban desapercibidos. Los acomodaron en una mesa cerca de una preciosa pecera que les ofrecía suficiente intimidad para conversar.

—Me gusta este restaurante —dijo Audrey.

—Lo sé, por eso te invité aquí. ¿Sería repetirme mucho decirte que estás preciosa?

—En absoluto, puedes repetirlo cuando desees.

«¿Estaba coqueteando con él?».

—Lo tendré en cuenta —replicó con una risa sensual.

Audrey sintió que la tensión en Max se disipaba ligeramente.

El camarero los atendió, y luego conversaron largo rato sobre los progresos de Dan. Ella le contó sobre los curiosos pedidos de algunos clientes, la cantidad de trabajo que manejaba; él a cambio la escuchó salvo cuando Audrey preguntaba sobre algunos colegas de Max a quienes conocía y no veía desde que se separaron.

Audrey se sentía un poco ansiosa. Las señales confusas que él enviaba como firmar el divorcio, luego romper los papeles; mirarla con adoración, pero usar un tono de voz sombrío a cambio, la inquietaba. Le habría gustado no asistir a esa exposición.

Ahora no sabía qué esperar de Max, y sentía la imperiosa necesidad de decirle que quería estar a su lado. Las palabras le quemaban en la garganta, pero también tenía que saber qué había ocurrido entre él y Patrick.

—¿Me contarás que quería Patrick? —preguntó

bebiendo el café que le trajeron.

—Decirme que no posaste para él, que el cuadro recogía sus sentimientos por ti y que se iba a Florencia. Claro, cuando le dije que había firmado esos papeles de divorcio me dijo que cometí un error —miró al techo—, supongo que no dejo de cometerlos contigo.

Ella alargó la mano y cubrió la de Max.

—Me alegra que me creyeras sin necesidad de que Patrick te lo explicara.

—¿Cómo sabes que no dependió de Morris?

—Porque me lo hubieras dicho.

Él sonrió.

—Sin duda.

—Me apena que tenga que alejarme de Pat, después de todas las cosas que vivimos, quizá dentro de un tiempo pueda disculparlo. Y él, entender que no puedo corresponderle.

—Si te perdiese estaría igual de desesperado que Morris. Así que desde esa perspectiva lo comprendo, aunque no lo disculpo por su atrevimiento —bebió de su copa—. Audrey firmé los papeles porque pensé que él te merecía más que yo. Al final no te ha hecho sufrir ni te ha causado tanto pesar como yo —dijo con amargura—. Siempre estuvo para consolarte, y quizá pensé que necesitabas un hombre que te diera emociones que en ningún momento te pudiesen lastimar, alguien que te diera sosiego.

Ella suspiró.

—Solo estaba confundida, no ciega. —Él sonrió—. Cuando decidí casarme contigo sabía el tipo de emociones que implicarían vivir a tu lado, y si hubiese pensado que iban a herirme deliberadamente no habría aceptado tu propuesta. El masoquismo no es lo mío. Maximilian, hemos tenido choques de carácter, también hemos cometido errores, que sí, me han herido; y sí, nos han hecho daño, pero esa es la vida a veces. Una relación sin riesgos resulta aburrida, insípida…—suspiró sin quitar los ojos de su esposo—. Max, soy yo quien tiene que escoger lo que es mejor o no para mí. Entiendo ahora por qué firmaste esos papeles de divorcio, y te agradezco que pensaras en mi felicidad, pero cariño, no podría ser feliz sin ti…—Él no se podía creer lo que ella trataba de decirle con su explicación. Capturó los dedos delicados y finos entre los suyos—. Max, hubo algo que quería decirte la otra noche antes de todo este mal entendido.

Sus ojos azules se conectaron con los verdes y brillantes de Max.

—¿El qué?

—No quiero divorciarme… Nuestro matrimonio es importante para ambos, y tenemos un hijo de por medio en quien pensar. No puedo ser egoísta y tú me has demostrado que puedo confiar en ti…

—No vas a arrepentirte —declaró sintiendo cómo los meses de angustia, las horas de incertidumbre y el pesar en el corazón se disipaban—. Puedo prometértelo.

Audrey le sonrió con todo el amor que sentía, pero no dijo las palabras que él necesitaba escuchar.

—Lo sé.

Max pagó la cena.

Ella, de un modo natural al caminar juntos saliendo del restaurante, acomodó la cabeza en el hombro de Maximilian. Él se sintió eufórico con ese gesto.

—Didi.

—¿Mmm?

Estaba embelesada por lo atractivo que lucía Max, y el rumbo que acababa de tomar su matrimonio. Al fin podía dejar a tras sus días de melancolía y añoranza. Después de todo, él era el hombre que amaba.

Quería estar en un lugar más privado para poder decírselo de nuevo, para explicarle que todo estaba claro en sus emociones. Una declaración de sus sentimientos, después de todo lo que habían pasado, merecía un lugar diferente al restaurante de un hotel cinco estrellas para expresarse.

Su resentimiento hacia Max se había esfumado. A pesar del dolor, sus sentimientos por él no habían desaparecido, tan solo estaban mezclados entre la decepción y la pena. Ahora todo se percibía más claro, y estaba agradecida por ello.

Perdonar a Max fue una emoción que sintió llegar de forma natural, con la sensación de aflicción que la embargó cuando recibió el sobre con los papeles de divorcio firmados. Por otra parte, la tensión sexual entre ambos era muy tirante y empezaba a resultar difícil de manejar. Aquello era culpa de Max. Un roce ocasional, una mirada con intención, el tono de su voz… Una red que él había creado para vencer sus dudas a nivel físico. La verdad era que nunca se habían resistido el uno al otro.

—¿Qué tanto piensas? —le preguntó él acariciándole el brazo con delicadeza—. ¿No te ha gustado la cena?

—La cena ha sido deliciosa. Gracias, Max.

—Mereces lo mejor. —«Quisiera que me dijeras que me amas y me deseas tanto como yo a ti.»

—Mmm…

—¿Estás nerviosa?

—No tengo motivos para estarlo.

Max la contempló y guardó las manos en sus bolsillos para evitar tocarla. Porque si lo hacía, entonces no podría detenerse.

Había pasado mucho tiempo desde la primera noche que estuvieron juntos semanas atrás, y aun tenía algo que contarle. Lo haría al llegar a casa. El tema de Alexia era importante.

—¿Segura, Didi? —presionó el botón del ascensor.

—Sí. Todo va bien.

—De acuerdo.

Necesitaba saber qué sentía, pero no podía presionarla. Que hubiera decidido no separarse de él era su gran victoria. Audrey se armó de valor. Era tiempo de que ella diera un paso extra ahora que había aceptado que quería permanecer con él.

Las puertas del ascensor se abrieron. El interior estaba desocupado.

—¿En qué piso te estás quedando? —preguntó a Max con cierta timidez.

Un orgullo tonto

Él presionó el botón del subsuelo, S1, con toda la intención de ir al sótano en donde estaba parqueado su automóvil. Aun le quedaban varias etapas por sortear con su esposa. Tenía que trazarse un nuevo plan para que ella se abriera más emocionalmente sin temor a que él le fallara, porque no ocurriría de nuevo.

—Siete…

Cuando las puertas se abrieron en el S1 y Max se disponía a salir, ella se lo impidió. Luego estiró la mano y presionó un botón del panel de mando plateado.

—¿Audrey…? —la miró con sorpresa, cuando observó cómo ella se inclinaba y presionaba el botón del piso 7.

Lo observó, nerviosa, por lo que tenía pensado hacer, pero no se acobardó cuando el ascensor empezó a ascender. Max comprendió lo que se proponía, y su corazón se disparó… y otro órgano muy particular también.

CAPÍTULO 10

Audrey sentía que la valentía amenazaba con abandonarla. Pero no tenía vuelta atrás, ya había tomado la decisión de abrir de nuevo su corazón a Max.

Las personas alrededor incrementaban sus nervios. Todos murmuraban, hablaban y se reían tan ajenos a sus pensamientos e inseguridades.

Max la miraba con un brillo indescifrable. Tres personas se colocaron entre ellos. Para Audrey era la primera noche de una reconciliación desde su corazón y su cuerpo. Una entrega marcada por el perdón y el amor. En el siguiente piso se subieron varias personas más logrando que la capacidad del elevador quedara a tope.

Piso 2.

Desde el cristal del ascensor Audrey observó el ir y venir de los botones, las maletas, las sonrisas y se fijó en los hermosos adornos florales. Prefería en ese instante fijar su atención en otro lado, porque no se atrevía a mirar a Max. Sentía un picor en las manos, y dejó de hundir las uñas en ellas.

Max observaba a Audrey apretar las manos. Se guardó una sonrisa. Era un hombre afortunado, no podía calificar de otra manera que aquella maravillosa mujer le diese una segunda oportunidad.

Cuando la tenía alrededor el mundo cobraba sentido, y en él vibraba una sensación de estabilidad y paz, únicas. Se moría hacer el amor con ella, pero ya que Audrey quería intentar acercarse por su propia cuenta, como él tanto había esperado, no iba a arruinar su iniciativa.

Piso 4.

Sentía la mirada de Maximilian clavada en ella, pero no dejó de observar a través del cristal. Lo miraba con disimulo en el reflejo que se marcaba en la curva del vidrio. Se sentía feliz de saber que Max siendo un hombre orgulloso, lo había dejado todo por buscarla y había aceptado su error. Le reconocía el esfuerzo de cortejarla y darle el espacio que necesitaba. Ahora era su turno de compensarlo y poner en marcha su matrimonio.

Piso 6.

El trío que se había interpuesto entre ambos salió en la planta seis. Max se acercó a su mujer. Él tenía la espalda contra el cristal y la mirada fija en la puerta de acero que se abría y cerraba en cada parada. Ella posó las manos en el pequeño pasamanos.

—¿Tímida? —preguntó él, cerrando una mano

traviesa sobre el firme trasero femenino con una caricia rápida que nadie notó.

Como si hubiera sido tentada por una llamarada se giró hacia él. Max levantó la mano y la subió en un ágil movimiento haciendo contacto con su pezón derecho, antes de llegar a su mejilla y tocarla. Ella lo miró boquiabierta y Max sonrió con picardía. El condenado diablo le hizo un guiño, mientras ella buscaba avergonzada alguna señal de que lo hubiera notado alguien alrededor.

—No hagas esto. Estamos en público...—susurró sonrojada.

—¿Lo puedo entonces hacer en privado?— preguntó con tono sugestivo.

—No he dicho que lo pudieras hacer —sonrió.

—Ah, es porque vas a hacerlo tú. ¿Verdad? — indagó fingiendo inocencia. Colocó las manos detrás de la espalda para evitar tocarla—. O quizá tan solo quieres ver cómo vive el nuevo dueño de la suite número doce del piso siete en el Hilton de Belfast. ¿Eh?

—¡Compraste una suite! ¿Por qué? —preguntó con sorpresa.

Las personas que quedaban con ellos reían cada cual a su aire y ajenos a su alrededor.

—Hay algo que deseo contarte, te dije en la cena... —sonó un poco inseguro, porque lo estaba.

No sabría cómo se tomaría Audrey su confesión. De él no podía salvar mucho la reputación, o casi nada, pero su familia en cambio era para Audrey un asunto distinto. Mientras estuvieron en Londres, ella había estrechado vínculos fuertes especialmente con su padre, no en vano llamó "Daniel" a su hijo.

—Supongo que algo que no va a gustarme —hizo un mohín con los labios y él se los acarició con el pulgar, y luego apartó la mano—. ¿Es muy malo? —preguntó expectante.

—Eso lo tienes que decidir tú. —«El abogado estaba de vuelta», pensó ella, cuando el tono de Max se volvió profesional.

Piso 7.

La elegante alfombra que cubría el corredor del piso siete le daba un toque clásico, y el agradable olor a pino se percibía en el aire. Max abrió la puerta de su habitación y la invitó a pasar. Ella contempló la decoración. Tenía una mini salita, pantalla gigante y una cama matrimonial hermosa que ella se quedó mirando.

Siguiendo el curso de los ojos azules, Max se acercó por detrás. La abrazó. Audrey giró y sus rostros quedaron muy cerca el uno del otro. El calor que emanaba de ambos se transformó en un cálido e inexpugnable conector entre los dos.

—Max… —se aclaró la garganta. «Sé valiente Audrey», se dio ánimos—. Durante estos días me has hecho sentir como si el amigo que siempre vi en ti hubiera regresado. Y quiero agradecerte por dejar tu despacho en Londres que sé es tan importante para ti, por Dan y por mí. Sé que nuestro hijo te lo agradecerá cuando sea grande, porque ahora tendrá a sus padres juntos.

—Fui un idiota y venir a Belfast era lo mínimo

que podía hacer…, aunque fuera muy tarde y tú estuvieses tan resentida conmigo. Dejar pasar más tiempo no era una opción, peor divorciarnos.

Además de decirle que lo amaba, ella tenía algo que confesarle.

—No recuerdes ya esa parte —le puso una mano en el pecho, como si quisiera mantener el equilibrio, apoyándose en los firmes músculos cubiertos por el traje de *Salvatore Ferragamo*—. Max, decirte lo que siento implica que seré vulnerable. Pero sé que no volverás a lastimarme…, y vamos a resolver nuestros problemas de un modo diferente a como lo hacíamos antes. Con una mejor comunicación. —El corazón de Audrey latía a dos mil revoluciones por segundo. Inspiró profundamente y subió los brazos alrededor del cuello de Max, enlazando los dedos detrás de su nuca—. ¿Por qué estás tan tenso?

—Creo que es obvio —replicó ronco.

—Max… —dijo sensualmente. Luego le dio un beso en la barbilla, y lo sintió temblar. Con una sonrisa le mordió el labio inferior. —Él refunfuñó algo por lo bajo, porque hasta que Audrey no le dijera lo que necesitaba escuchar, no la tocaría. «No la tocaría», reafirmó Max en su mente—.Veo que estamos un poquito gruñoncitos, ¿verdad, mi amor? —Se acercó a sus labios, pero luego se desvió y lo presionó con dulzura en la mejilla. Era irresistiblemente sexy con esa barba de dos días, pensó Audrey moviendo sus dedos para acariciar el espeso cabello negro.

—No me has dicho lo más importante… Así que

no voy a tocarte… —dijo a modo de protesta cuando ella movió sus caderas sinuosamente contra su miembro, que no tenía ningún problema en ponerse alerta cuando su esposa estaba alrededor.

—Mmm… ¿No lo he dicho? —lamió su oreja. Él la sintió sonreír contra su cuello. «Sería bruja.»—. ¿Qué sería eso que aun no has escuchado…? —indagó juguetona, después deslizó las manos hasta el duro trasero de Max y lo apretó atrayendo el cuerpo fuerte contra su pelvis—. Que tienes un trasero magnífico… eso no te he dicho, así que merecía la pena confesártelo —subió las manos para recorrerlos brazos tonificados por el ejercicio—, que me encanta cuando me abrazas con fuerza, porque me siento segura. Mmm. Sí. Eso debe ser.

—¡Diablos! ¿A qué estás jugando, Audrey? —explotó disponiéndose a arrancarse ese cuerpo perfumado de jazmín del suyo.

—Max, mírame —exigió dejando de jugar.

—Lo he estado haciendo desde que te vi salir de tu casa.

Se quedó quieto, y clavó sus ojos verdes en los azules de ella. Audrey sonrió con ternura y le enmarcó el rostro con sus pequeñas manos.

—Te amo, Max.

—Audrey… —gimió emocionado. Ella no le dio tiempo a decir nada más, y capturó su boca con sus labios sensuales.

Ella se apretó contra la fuerte figura de músculos esculpidos. Enredó sus manos entre los cabellos de Max, y gimió cuando él la elevó con facilidad tomándola del trasero para que enroscara las piernas en su cintura conectando los centros de placer de ambos que estaban tensos, ansiosos, y listos el uno para el otro.

Max profundizó el beso, la devoró con ansias.

La llevó a la cama y se inclinó hasta cubrirla con su cuerpo. Audrey sonreía, y tenía los ojos empañados de deseo, pasión y amor. Era la imagen más hermosa que Max pudiera ver, y ahora podría contemplarla cada vez que quisiera.

«¡No quería divorciarse de él y lo amaba!», aquella era una certeza fantástica.

Se inclinó para presionar su cuerpo contra el de Audrey, para besarla y acariciarla por todas partes, enfebrecido. Rozó los labios cálidos de su mujer, los mordisqueó, a ratos suave, a ratos fuerte.

El aroma cálido de Max le llenó los pulmones y penetró en su piel. La lengua aterciopelada de su esposo se entrelazó eróticamente con la suya, propiciando que cada músculo de su cuerpo temblara de anticipación.

—Oh, Max... —susurró con la respiración entrecortada cuando sintió que el sabor de Maximilian se le subía a la cabeza, excitándola.

Su piel ardió cuando él empezó a recorrerle los costados al tiempo que movía su cadera contra la suya mostrándole cuánto la deseaba. Audrey se contoneó con sensualidad, y apretó su boca con hambre para que él profundizara todavía más el beso.

Ambos jadeaban y tenían las ropas desarregladas.

Las manos de Max subieron hasta quedar en la

base de sus pechos, y ella sintió cómo los pezones se ponían duros detrás de la tela de seda del sujetador. Pero él no la tocó más allá de donde sus manos descansaban en ese momento. Con la respiración agitada él se obligó a bajar las manos, y colocarlas a los costados. Ella lo miró expectante y confusa. Frustrada. Antes de que la fiebre por ella lo consumiera totalmente, necesitaba escucharlo de nuevo. Una vez más.

—Repítelo —exigió con los labios muy cerca de los de Audrey, quien tenía los ojos brillantes y elevaba las caderas pidiéndole que continuara la sensual tortura que acababan de iniciar—. Repite lo que me confesaste hace unos minutos.

—Quiero más —sonrió con picardía.

—No juegues… —No le devolvió la sonrisa. Había padecido varios meses, hasta que su cabeza amenazó con explotar pensando en ella. En un momento como ese necesitaba escucharlo de nuevo—. Repítelo, Audrey —pidió—. Dímelo, por favor, mi amor…

Ella acarició el rostro que había añorado cada noche que pasó lejos de sus brazos, sus besos y su afecto. Los fantasmas ya no estaban y solo quedaba disfrutar de ese momento.

—Te amo, Max. Te amaré siempre con todo mi corazón.

Con una gran sonrisa, él empezó a desnudarla. Con rapidez le quitó la blusa, mientras ella le devolvía el favor frenéticamente. El sujetador voló por la habitación dejando expuestos un par de hermosos pechos cremosos coronados por pezones que pedían a gritos ser acariciados.

—Y yo te amo a ti. Desesperadamente —cubrió uno de sus senos con la mano, acariciándolo—. Te adoro y voy a recuperar el tiempo perdido. ¿Me perdonas por todas las idioteces que hecho y que nos han costado tanto a los dos? —se inclinó para lamer un pezón. Lo chupó hasta que Audrey gritó de placer. Con la mano apretaba el suave peso del otro pecho, terso y suave—. Eres magnífica..., preciosa...

—Oh, Max...

—¿Eso es un "sí te perdono, Max"? —sonrió cuando la dejó en bragas y sus miradas se cruzaron—. ¿Eh?

Ella le quitó el cinturón y empezó a desabrochar los botones del pantalón.

—Sí, es un sí. Ahora, por favor, quieres... —él mordió un pezón, y deslizó los dedos hasta la entrada de su feminidad comprobando su humedad y estuvo a punto de correrse como si fuese un inexperto adolescente. Su mujer era todo lo que sus fantasías masculinas podrían desear. Le arrancó las bragas de un tirón e introdujo un dedo en la brillante humedad—. Max no hagas eso mientras hablo...

—¿Quieres esto? —sacó e introdujo el dedo nuevamente. Varias veces. En círculos. Profundo—. Eres exquisita. Y tu piel —recorrió con la lengua el canal que separaba el magnífico par de pechos—, sabe a gloria.

Audrey se movió contra el dedo que la torturaba, mientras Max devoraba su boca.

—Sigue —elevó las caderas—. Quítate lo que queda de ropa —consiguió decir —. No es justo — gimoteó.

Él lanzó una risa ronca.

—Vaya te has tomado en serio este asunto.

—No bromees —se quejó ansiosa por sentirlo dentro suyo. Empezó a deslizarle el pantalón hacia abajo con desesperación—. Bésame, Max, bésame. —Y él obedeció.

Aun con el pantalón medio puesto separó las piernas torneadas y perfectas de Audrey, con sus rodillas y se colocó entre sus muslos, besándola y ejerciendo una dulce presión sobre el sexo mojado y listo para él.

—Será mejor que te quites el maldito pantalón, Maximilian.

Él sonrió. Le encantaba saber que estaba dispuesta a entregarse a él de nuevo, y la compensaría, de verdad que lo haría. Ahora en la cama, y luego, de todos los modos posibles.

—Tus deseos son órdenes.

Max terminó de quitarse el pantalón con prisa por los tobillos, y Audrey contemplaba la belleza masculina con fiero anhelo. Lo quería dentro suyo y lo quería ya. Intentando provocarlo aun más, ella deslizó sus propios dedos hasta dejarlos justo en la entrada de su centro femenino. Jamás lo había hecho ante él, pero se sentía desinhibida, libre, amada y confiada. Pasó su dedo medio entre sus suaves pliegues, mientras Max lanzaba su pantalón al suelo. Lo escuchó maldecir y luego deshacerse del bóxer.

Él jamás había visto a Audrey acariciarse a sí misma. Era un momento muy erótico, y no podía apartar la mirada de esos dedos traviesos.

—¿Qué crees que haces? —preguntó con la voz ronca y grave, cuando ella se introdujo con descaro uno de sus dedos.

Max gimió.

—Seducirte… —replicó observando cómo el sexo de Max vibraba contra su abdomen. Era grande. Cuando le entregó su virginidad años atrás pensaba que iba a lastimarla o incluso que no cabría dentro su cuerpo, pero fue perfecto. Él era perfecto.

—He pasado mucho tiempo sin ti, cariño —gruñó arrebatándole el dedo y llevándoselo a la boca. Lo lamió probando el sabor almizclado y único de su esposa. Los cabellos rubios de Audrey estaban esparcidos en la almohada blanca y parecía una desvergonzada; lucía como una mundana amante.

Su *amante*.

—Y yo… —susurró cuando él la miró con intensidad moviendo las caderas, para tocar así con su músculo de acero la entrada de la almizclada humedad, sin llegar a adentrarse en ella. La besó con pasión y con ternura. Era un beso que le transmitía lo que su alma deseaba: fundirse nuevamente y para siempre con la de ella.

—Te quiero tanto, Didi. —Ella aferró sus manos a los hombros fuertes cuando lo sintió listo para penetrarla.

Ninguno de los dos contaba con que sus sentidos tan nublados por la pasión, les impedirían percatarse de sonidos ajenos a sus gemidos e íntima conversación. Por eso se quedaron aturdidos cuando escucharon cerrarse con fuerza la puerta principal de la suite.

—¡Max! ¡Cariñoooo! ¿Dónde estás? ¡Ven a saludarmeee! —gritó una mujer no muy lejos de ellos.

Aturdida y confusa, Audrey se quedó estática. Max no dejó de mirarla. Con reflejos rápidos la cubrió con la sábana. Él tomó la colcha grande que estaba a la vista para envolverse la cintura. Unos tacones sonaron apenas en la antesala, pero en el silencio fueron bastante audibles.

Apurado y molesto logró reemplazar la colcha con el bóxer. Audrey en cambio no podía articular palabra. «¿Quién era esa mujer? ¿Por qué había entrado a la habitación sin más…?»

—¿Max? —preguntó en un susurro.

El cuerpo le temblaba tanto de deseo como de incertidumbre.

Él se giró para explicarle, pero era demasiado tarde. Una morena espectacular entró enfundada en un sexy vestido turquesa, con el cabello cayéndole sobre los hombros, la boca pintada de rosa y unas largas pestañas marcadas con *rímel* negro.

Cuando la mujer vio a Audrey, que se había sentado en la cama ajustándose la sábana, se tapó la boca. "Upsss", fue lo único que dijo.

Max le hizo un gesto de que se callara. Los paquetes que la exótica mujer traía entre las manos cayeron estrepitosamente al suelo.

Max suspiró. «Justo cuando todo se arreglaba con

su mujer, le pasaba aquello.»

Audrey se puso en pie, furiosa, y con toda la dignidad que la sábana le permitía.

—¿Me puedes explicar qué hace esta mujer con tu llave, en tu suite? ¿Cuál es la explicación? No sé cómo he podido creerte —dijo con la voz temblorosa, más que por las lágrimas que empezaban a quemarle los ojos, por la rabia y decepción—. No sé cómo... —pensó en la prueba de embarazo que se aplicó aquella mañana. Y creer que todo podía resolverse. Encontraría el modo de sobrellevar la situación... Sola de nuevo.

—Oh, no es lo que crees, Didi —la tomó de la mano, al verla tan consternada.

El rostro de Audrey estaba sonrojado, Max sabía que era por el enfado, y vergüenza por la interrupción. Para su tortura podía ver sus curvas generosas a contraluz, pues la sábana no era suficientemente gruesa para cubrirlas. Ahora le tocaba explicarle lo que para él había sido tan difícil asimilar en un principio con Alexia.

Ella se zafó de su agarre como si le causara repulsión.

—¿Ah, no? ¿No es lo que creo? Entonces supongo que es una amiga tuya que pasaba por aquí y se dejó caer por tu habitación.

La morena no quiso quedarse callada.

«Los amantes suelen contarse esas cosas», pensó Audrey con amargura. Los celos no escapaban de la ecuación.

—Eres una mujerzuela —le dio una bofetada.

Alexia se quedó atónita. Audrey se dirigió a Max que la miraba asombrado—: Y tú, es la última vez que vas a verme —hizo ademán de recoger sus cosas, sin importarle que la mujer a la que había golpeado estuviese mirándola con ojos desorbitados por la sorpresa, y tampoco le importaba que observaran cómo intentaba de todas las formas posibles que la sábana no se deslizara dejándola desnuda frente a ese par de retorcidos.

Alexia se tocó la mejilla y miró molesta a Max.

—¡¿Es que no le has dicho nada sobre mí?! —le gritó.

Él negó con la cabeza pensando el modo de detener a su esposa.

—Didi... —la llamó paciente.

Ahora podía ponerse en su lugar, cuando la encontró con Stuart. Ahora, que él estaba en una situación similar, la comprendía.

—¡Ningún "Didi", Max! ¡Se acabó! ¿Te queda claro? He sido una boba —dicho esto se metió en el baño dando un portazo.

Dejó que las lágrimas corrieran y empezó a vestirse a toda prisa sintiéndose humillada y dolida. ¡Le dijo que lo amaba, que lo extrañó todo ese tiempo, y él había tenido una amante desde quién sabría cuándo! ¿Por qué, por qué? Debió creerles a Jasmine y Catriona. La mujer que estaba fuera coincidía con la descripción que sus "amigas" habían hecho.

En la habitación, Max discutía en voz bajita con la morena, por lo que Audrey no podía escuchar nada, solo sabía que hablaban. «Seguro poniéndose de acuerdo en qué excusa iban a decir.»

Max se vistió y calmó a Alexia explicándole el porqué su esposa no sabía de su existencia. Cuando estaba a medio abrochar la camisa y Alexia estaba visiblemente más sosegada, Audrey salió del baño.

Se había retocado el maquillaje, el vestido estaba perfecto, como si nunca hubiera pasado un vendaval de caricias arrollando su cuerpo. La única señal que podría delatarla era una ligera marca rosácea sobre el pecho izquierdo. Ese detalle solo lo vio él, y estuvo a punto de sonreír, pero se contuvo. No le convenía cometer ni una ligera equivocación.

—Espera —detuvo a su esposa cuando iba a cruzar la puerta y pasar a la mini salita de la suite—. Déjame explicarte.

—¡No me toques! ¿Cómo puede seguir aquí? —señaló a la otra mujer—. ¿No es suficiente humillación que me haya visto casi desnuda?

—¡Espera! —la acercó a su cuerpo, mientras ella se debatía. Alexia observaba apenada—. Cometí el error de no escucharte, ahora tú vas a tener que escucharme a mí, porque no voy a permitir que caigamos en la misma equivocación dos veces. ¿Está claro?

—Escúchalo, Audrey —expresó con voz cadenciosa la mujer de un metro ochenta. Audrey notó que la altura de la tal Alexia era casi iguala la de Max. Y sintió más rencor. «Seguro que en la cama eran perfectos».

Más allá de la rabia había dolor. El dolor de la

traición.

—¡Tú te callas! —le gritó fuera de sí, cuando las lágrimas empezaron a amenazar con derramarse—. ¿Por qué sigue aquí?

—Porque ahora es parte importante de mi vida.

Eso fue como una puñalada envenenada. Sin poder evitarlo las lágrimas se derramaron. Él la abrazó y Audrey rompió a llorar golpeando con las manos el pecho de Max, quien la sostenía con firmeza para que no se alejara.

—Amor, mírame —le limpió las lágrimas. Ella giró la cabeza, pero Max la sujetó con firmeza para que mantuviera la mirada en sus ojos—. Si después de lo que tengo que decirte continúas decidida a irte por esa puerta y no volver, lo aceptaré. Y más si me pides que firme esos papeles de divorcio de nuevo, lo haré. Pero ahora, ¿me puedes escuchar, Didi?

Tan solo porque en algún momento él no la escuchó, no significaba que fuera a caer en el mismo error… Aunque los hechos eran más que evidentes.

Ella escucharía y luego se largaría para siempre del Reino Unido. A Francia si acaso fuera posible, lejos de él, con Dan… y con el bebé que estaba en camino, y de cuya existencia se había enterado apenas.

Respiró profundamente, no sin antes lanzarle una mirada de fastidio a la mujer que estaba sentada en la butaca junto a la cama observándolos en silencio. Lucía algo nerviosa y preocupada. «Así debían verse las amantes que llegaban en momentos inoportunos y eran descubiertas», razonó Audrey con amargura.

—Aquí no —murmuró, soltándose.

Él se limitó a observarla apenado de que las cosas se hubieran dado de manera tan equívoca, y sin poder planificar el encuentro como había previsto desde hacía un tiempo.

—De acuerdo, dulzura. Vamos entonces a la salita.

Encogiéndose de hombros, Alexia los siguió sin perder su paso elegante. Audrey la odio aun más, «¿por qué Max no la echaba?»

Se sentaron cada uno en un butacón. Audrey miraba con sus ojos azules heridos a Max, quien estaba a su lado y le pedía con la mirada que no lo apartara.

—Lamento haber entrado así —expresó Alexia intentando empezar la conversación. No le gustaba meterse donde no la llamaban.

Se arrepintió de su impulso de ir a ver a Max, pero quería darle buenas noticias.

—Es lo que hace una zorra —replicó Audrey con fastidio.

La morena se indignó. A ella nadie la llamaba de ese modo, ya bastante aguantó con que la mujer de Max la abofeteara. Estuvo tentada de devolverle el favor, pero sabía que él no iba a perdonárselo, y para ser sincera la culpa era suya por no llamar primero a Max antes de presentarse en el hotel.

—No es ninguna puta, ni una zorra, Audrey. Basta —exigió él. «¡Eso era el colmo del descaro! Defendiéndola. Faltaba más, ¡por segunda ocasión!». Intentó levantarse—. Escúchame —la voz firme de Max la plantó de nuevo en el asiento de cuero—, la defiendo y es importante para mí, por un solo motivo.

—¿Cuál es el motivo, si el señor se digna decírmelo, para poder largarme de esta sórdida pantomima? —preguntó con sarcasmo.

—Audrey, te presento a Alexia White. Apellido de soltera, Bloomberg.

La mente se le quedó paralizada por un segundo. «¿Eso significaba que…?» Miró a ambos intentando comprenderlo. Max estaba serio, y la otra, mostraba arrepentimiento.

—Soy su medio hermana —declaró con un susurro.

—Te dije que tenía algo que contarte, Didi, ¿recuerdas? —Ella asintió—. Solo que no sabía que Alexia entendiera por "urgente" venir una noche sin avisarme —miró significativamente a su medio hermana—. Y cuando quise aclararlo contigo empezaste otra conversación que a mí me parecía más importante…

—Oh… —se miró las manos avergonzada y ruborizada—. Yo… Lo siento. Lo lamento Alexia —escondió su rostro entre las manos—. Dios… —susurró.

—Cuánto siento todo este lío que he causado a ambos —expresó Alexia—. Sé de ti, porque mi hermano… Bueno él me contó sobre Daniel y sobre ti. Y hoy le vine a traer un poco de ropa porque le debía su regalo atrasado de cumpleaños. Además quería contarle algo de mi vida personal. Yo entiendo lo que pudiste imaginar. Qué pena las circunstancias, en serio…

—No hay rencores con Alexia, ¿verdad, Didi? —preguntó Max.

—No, no…

—Lo siento, Audrey —suspiró Alexia—. Creo que es tiempo de que arreglen este detalle. Yo tengo que irme.

—Lamento lo de la bofetada —susurró Audrey, sonrojada.

Alexia se encogió de hombros.

—Quizá yo habría hecho lo mismo.

—¡Me viste casi desnuda! —se quejó al recordar cómo los había encontrado la guapa medio hermana de Max.

—¿Yo? Eh… no, no, no. ¡Qué dices! Estaba pendiente de las compras. No te preocupes, lo que sí me ha dado molestia es verlo a mi hermano encima de ti y…

Él le dedicó una mirada significativa.

—Alexia, cállate —bramó Max—, y desaparece por todos los cielos. Llámame otro día para que conozcas a tu sobrino.

—Oh, bueno. Mejor te dejo aquí la llave, mi esposo me espera. Nuestra segunda luna de miel la empezamos mañana, eso quería contarte, gracias por tus consejos y la cena de la otra noche.

—Realmente me gustaría vernos en otras circunstancias y conocernos mejor, Audrey, discúlpame de verdad por esta intromisión —le tomó las manos entre las suyas dándoles un rápido apretón.

Luego se acercó hasta Max, y besó sus dos

mejillas, no sin antes decirle en voz baja que no se le ocurriera jamás volver a ofrecerle las llaves de su habitación cuando tenía una cita con su mujer. Max le sonrió.

Cuando Alexia salió, Audrey sentía el corazón latirle con rapidez. «Vaya papelón.»

—No sé qué decir… Qué momento tan incómodo —le confesó alisándose las arrugas inexistentes de su vestido, y mirándose las manos.

Por primera vez entendió a Max y lo que debió sentir al verla en brazos de Stuart años atrás. Aquello debió dolerle, pero en esta ocasión se alegraba de haberlo escuchado antes de huir.

—Didi —la tomó de la mano y la impulsó, hasta que logró que se trasladara sobre sus piernas—. Voy a contarte una pequeña historia, pero antes necesito saber algo.

—¿Sí? —miró la mano elegante y masculina que sostenía las suyas.

—¿Me crees entonces al decir que Alexia es mi medio hermana? —le preguntó elevando el rostro hermoso y arrebolado hacia él.

—Claro, Max. Tienen los mismos ojos y forma de mirar cuando están desconcertados.

Eso provocó una sonrisa en Max.

—Interesante observación —le tocó la punta de la naricilla con el dedo de modo afectuoso.

—¿Qué historia es esa?

Se acomodó en su regazo. Cerró los ojos cuando él se inclinó y la besó. Fue un beso suave y rápido. Una disculpa, y una aceptación.

—Antes de contártela quiero disculparme por Alexia. Es impulsiva…, supongo que un rasgo familiar —emitió un risa corta—. Cuando llegué a Belfast, después de estar contigo, tuve que ayudarla a resolver un par de problemas de su matrimonio. Tiene poco tiempo de casada.

Audrey le contó su encuentro con Jasmine y Catriona, y Max se echó a reír porque ya conocía cómo eran esas dos mujeres. Le alegró que su esposa decidiera no creerles y continuar saliendo con él.

—Lo que vio ese par fue una salida de hermanos, después de pasar una velada intentando entre ambos exorcizar fantasmas. Alexia necesitaba consejo, y bueno… yo también. Fue uno de esos momentos "familiares". Y terminamos hablando de nuestras vidas, y me hizo recapacitar todavía más sobre lo estúpido que me comporté contigo. Le di una copia de la llave de la suite por si tenía alguna emergencia. Asumo que una emergencia es para Alexia venir a sorprenderme con regalos —la miró con ternura— no ha habido ni habrá nadie entre tú y yo. Te quiero, Didi.

—Y yo a ti, Max. —Le sostuvo la mirada dejándose atrapar por el calor y el aroma que tanto quería. Max le colocó un par de rebeldes rizos detrás de la oreja, y la abrazó con fuerza.

—Ahora voy a empezar mi historia… Supongo que, después de todo, mi padre no fue el hombre más sincero de la tierra. Hace pocos meses encontré entre las carpetas de su oficina una partida de nacimiento. En realidad una copia, muy vieja; tenía una fotografía en blanco y negro. Lo que me llamó la atención fue el nombre: Alexia Jade Bloomberg, nacida tres años después que yo. Me fijé en su rostro y descubrí un asombroso parecido a mi padre. El rasgo del mentón ligeramente partido y la penetrante mirada para ser una niñita pequeña. Sabes que tengo muy pocos primos. Diría que unos diez, y dado que nos llevamos todos bien, jamás podría olvidarme de sus rasgos físicos. Así que tomé la copia y me acerqué a un amigo que es investigador privado.

—¿Garret? —Claro que conocía al investigador de Max, y cuando supo que la estaba siguiendo se había resentido aun más con él.

—Sí…—frunció el ceño—. Me entregó un informe que explicaba que mi padre tuvo una aventura. El hombre que yo tanto admiraba, el que consideraba intachable fue incapaz de confesármelo. La madre de Alexia, Loretta Brooks, tan solo le pidió el apellido para su hija, un cheque por una cantidad exorbitante y aceptó desaparecer de su vida para siempre —expresó con pesar—. ¿Imaginas cómo me sentí al enterarme? ¡Muy defraudado! —su exclamación hizo que el pecho le vibrara con las palabras—. Empecé como loco a buscarla. Después de unas semanas di con ella. La situación me permitió entender las perspectivas diversas de otras situaciones que yo estaba viviendo. Sentí que no podía privar a Dan de su padre por más tiempo, y tampoco podía lastimar a la mujer que he amado siempre, y dejar asuntos importantes de lado. Audrey, encontrar a mi hermana me devolvió el sentido del honor de la familia; el honor de una promesa como la que nos hicimos al casarnos, y la fragilidad de la confianza. Sé que tenías una gran impresión de mi padre, y de mi familia y por eso me habría gustado contarte esta historia en otro momento.

Ella se abrazó de su cuello, y dejó un beso cálido en su mejilla.

—Tu padre tuvo sus motivos y nunca los sabremos. La infidelidad tiene tantos matices que puede ser muy complicado justificarla. Y en el caso de tu madre, y tuyo, quizá tu padre tan solo quiso protegerte.

—Tal vez…

—Ahora lo que importa es que encontraste a Alexia. Puedes forjar una relación con ella, poco a poco. Claro que han pasado muchos años sin conocerse, pero a Dan le vendría bien tener una tía. Además es una mujer guapísima y viene de familia —intentó animarlo. Él le sonrió—. La verdad es que me puse celosa.

Él, la apretó contra sí.

—Max…

Él se incorporó sosteniéndola en brazos.

—Cuéntame —dijo atrapando sus labios con los suyos y girando con ella.

—¿Cuánto tiempo me hiciste seguir de Garret?

Él se detuvo.

—Unos meses después de que yo te…

La puso en el piso, y colocó las manos sobre los delicados hombros desnudos de Audrey. Inclinó la cabeza hasta que sus frentes se tocaron.

—… me echaste de tu vida —completó ella sin resentimiento.

—No sabes lo miserable que me siento cada vez que recuerdo todo el daño.

Ella dejó sus dedos sobre los labios de Max. Estaba cansada de que el pasado, por muy doloroso que hubiera sido, los continuara afectando tanto tiempo después. Quería que su matrimonio funcionara. Lo quería más que nada en el mundo.

—Te perdoné y ya no quiero vernos sufrir más, no lo soporto Max —enmarcó su apuesto rostro entre sus manos—. Me gusta sentirte cerca, que me busques cada mañana, me abraces y así sentirme protegida entre tus brazos; me cautiva ver lo mucho que quieres a nuestro hijo y saber que eres un padre maravilloso para él —murmuró—. Y, si no te importa —tomó la mano de Max y la colocó sobre su abdomen todavía firme y plano —, quizá quieras empezar a prepararte para mis antojos, y consentirme mucho.

Él abrió los ojos con asombro.

—¿Estás…?

—Sí, Max —sonrió resplandeciente—. Estoy embarazada. Lo supe esta mañana. Aquella ocasión que no usamos protección…

—Mi amor —murmuró con reverencia. Se sentía pletórico. La abrazó y luego, poco a poco, empezó a deshacerse del cierre del vestido con movimientos lentos—. Te amo, te deseo y te necesito. A Dan, a ti, y al pequeño o pequeña Bloomberg que está creciendo dentro tuyo. Nos quedaremos donde tú desees vivir. Puedo trasladar mi oficina definitivamente a Irlanda e ir a Londres solo cuando tenga citas en la Corte.

Ella se rio complacida cuando su vestido cayó al piso. Max la desnudó en un dos por tres. Audrey hizo lo propio, y luego lo besó con fervor.

—Empezaremos de nuevo, Max —gimió cuando él cerró su mano fuerte y cálida sobre uno de sus pechos, acariciándolo.

—Si es de esta forma, me parece un incentivo adicional maravilloso. —La besó con dulzura, paladeando el sabor único de su esposa, saqueando su boca y disfrutando de la felicidad de sentirla suya. Audrey jadeó cuando sus rodillas se toparon con el borde de la cama. Pronto estuvo Max cubriéndola con su cuerpo, y cuando ella lo sintió ubicarse muy cerca de su ardiente centro femenino sonrió con picardía. Sus miradas cargadas de deseo y promesas se enlazaron del modo en que solo dos almas destinadas a unirse conocían—. Te confieso mi vida, que me encantan los comienzos a tu lado.

Con una risa llena de amor y pasión se fundieron el uno en el otro, pensando en un futuro maravilloso lleno de posibilidades y un bebé en camino para agrandar la familia.

SOBRE LA AUTORA

Escritora ecuatoriana de novela romántica y ávida lectora del género, a Kristel Ralston le apasionan las historias que transcurren entre palacios y castillos de Europa. Aunque le gustaba su profesión como periodista, decidió dar otro enfoque a su carrera e ir al viejo continente para estudiar un máster en Relaciones Públicas. Fue durante su estancia en Europa cuando leyó varias novelas románticas que la cautivaron e impulsaron a escribir su primer manuscrito. Desde entonces, ni en su variopinta biblioteca personal ni en su agenda semanal faltan libros de este género literario.

Su más novela "Lazos de Cristal", fue uno de los cinco manuscritos finalistas anunciados en el II Concurso Literario de Autores Indie (2015), auspiciado por Amazon, Diario El Mundo, Audible y Esfera de Libros. Este concurso recibió más de 1.200

manuscritos de diferentes géneros literarios de habla hispana de 37 países. Kristel es la única latinoamericana entre los cinco finalistas.

La autora también fue finalista del concurso de novela romántica Leer y Leer 2013, organizado por la Editorial Vestales de Argentina, y es coadministradora del blog literario Escribe Romántica. Kristel Ralston ha publicado más de veinte novelas como Lazos de Cristal, Bajo tus condiciones, El último riesgo, Regresar a ti, Un Capricho del Destino, Desafiando al Corazón, Más allá del ocaso, Entre las arenas del tiempo, entre otras. Varios de sus trabajos están disponibles en varios idiomas como inglés, alemán, francés, portugués, italiano, ruso e hindi.

Kristel vive actualmente en Guayaquil, Ecuador, y cree con firmeza que los sueños sí se hacen realidad. En su tiempo libre disfruta escribiendo novelas que inviten a los lectores a no dejar de soñar con los finales felices.

Encuentra más sobre la autora visitando su página: www.kristel-ralston.com

Puedes seguirla en:
Twitter/Instagram @KristelRalston
www.facebook.com/KristelRalston,Libros

¿Te gustó este libro? ¡No olvides dejar tu comentario en la plataforma en la cual lo adquiriste! Gracias por leer *Un orgullo tonto*

Un orgullo tonto

Made in the USA
Monee, IL
22 October 2022